そして、海の泡になる

葉真中顕

朝日文庫

本書は二〇二〇年十一月、小社より刊行されたものです。

目次

そして、海の泡になる

〝うみうし様〟の御利益？
一流金融マンがひれふす〝北浜の魔女〟に会ってきたゾ

「うちはね、周りに集まってくれた人らがにこにこ笑《わろ》うてくれたら、それだけでええんですよ」

そう語るのは朝比奈《あさひな》ハルさん（55）。大阪は千日前に建つ金色に塗られたド派手なビルのオーナーにして、高級料亭『春川《はるかわ》』を経営する腕利きの女将である。

若い頃から、何人もの男たちを虜《とりこ》にしてきたとの噂もある彼女だが、実際にお会いしてみると、見た目も雰囲気もごくごく「普通」なのだ。大変失礼ながらセーター姿で待ち合わせ場所に現れた彼女のことを、ご本人ではなくお付きの人か何かと勘違いしてしまったほどである。

朝比奈さんは少しも気を悪くすることなどなく「がっかりしたでしょう。でもね、美人は三日で飽きるて言いますでしょう。うちくらいがちょうどええんですよ」と呵《か》呵大笑《かたいしょう》していらした。取材中の受け答えのノリの良さも、気の好《い》い大阪のオバチャン、もとい、おネエさん、といった風情。ただしそれが何ともチャーミングなのだ。いつの間にか仕事を忘れ、いつまでもこの人と話をしていたいと思わされた。なるほど、この親しみやすさこそが、朝比奈さんの魅力なのかもしれない。

そんな朝比奈さんにはもう一つの顔がある。

それは投資家。本格的に投資を始めたのは、ほんの数年前。以来、連戦連勝を重ね、瞬く間に資産を何十倍にも増やしたのだ。

その噂は大阪の金融界に広がり、いつしか彼女は〝北浜の魔女〟と呼ばれるようになった。

よく見れば、彼女の両手の指には大きな輝く石の付いた指輪がいくつもはまっているではないか。また普段着だというセーターも実はエルメスなんだという。お、お見それいたしました!

預金残高国内ナンバーワンの三友《みつとも》銀行が、三顧の礼をもって昨年末の納会に彼女を呼びスピーチを依頼した、なんていう話もある。

「三友さんとこのあれはね、人前で喋るのなんて柄やないから、断ったんやけどねえ。頭取さんが床に額擦《こす》り付けて頼むもんやから、断りきれんでやることになりましたんよ」

あっけらかんと笑っておられますが、朝比奈さん、それって天下の三友銀行頭取が土下座して頼んだってことですか？

それもこれも、彼女の投資の腕があってのこと。

「相場を読む力だったら朝比奈さんは日本一。彼女が上がると言った銘柄は上がり、下がると言った銘柄は下がります。世界の投資家の中でも5本の指に入るでしょう」とは、ある一流銀行の投資アドバイザーの弁。ではその日本一の投資術とは一体どんなものなのか。直接ご本人に尋ねてみたところ、返ってきた答えは驚くべきものだった。

「うち、経済やら投資やらの難しいことは何もわかりませんのよ。ただ、〝うみうし様〟の言うこと、よう聞いとるだけでねえ」

〝うみうし様〟というのは、彼女の故郷である和歌山県の漁村に言い伝えられている神様で、人魚の一種なのだという。なんと朝比奈さんはこの〝うみうし様〟のお告げを聞いて、その通りに株の売買をしているというのだ。

料亭『春川』の屋上、朝比奈さんの住まいでもある豪華なペントハウスの広間には神棚があり、その〝うみうし様〟の黄金像が飾られている。朝比奈さんを囲む懇親会『春の会』では毎朝集まった者たちで、この〝うみうし様〟にお祈りをするという。お告げを聞けるのは朝比奈さんだけだが、お祈りをするだけでも運気が上がるのだとか。

前出の投資アドバイザーは語る。

「私も『春の会』には参加させてもらっています。金融はテクニカルな数字の世界です。神様のお告げなどというのは、最初は正直、半信半疑だったのですが……。朝比奈さんが尋常ではない利益を上げているのは事実です。今では本当に神秘的な力があると思っていますよ」

『春の会』のメンバーは、みな一流の金融マンばかりとのこと。そんな彼らも信じざるを得ない〝うみうし様〟の御利益《ごりやく》。少しだけお裾分けしてもらえませんかと、お願いしたところ、朝比奈さんは快諾してくださった。

ビール瓶ほどの大きさの〝うみうし様〟の像は、なんと金塊を加工した純金製。直立するナメクジのような形で少しグロテスクにも思えるが、近くで見ると確かに不思議なオーラを感じる。

朝比奈さん曰《いわ》く「特に作法はありません。手を合わせて『〝うみうし様〟、どうぞよろしくお願いします』ってお祈りしたらええんです」とのことなので、言われるままに祈

ってみた。これで筆者の運気も向上したかも⁉

――週刊ECHO　1989年2月8日号

信金支店長自殺
大阪金融界を揺るがす魔女の黒い噂

千日前の高級料亭。裏口から割烹着《かっぽうぎ》姿の従業員とともに、そそくさと中に入ろうとする女性。スカーフで顔を隠しているが間違いない。株式投資で巨万の富を築き〝北浜の魔女〟の異名を取った女性投資家、朝比奈ハル氏である。

一昨年、平成元年の年末には4万円目前までいった株価の急降下が止まらない。昨年から今年にかけて破産した個人や倒産した企業は枚挙に遑《いとま》がない。

こんなときにこそ闇が蠢《うごめ》くものだ。名門商社伊藤萬（現・イトマン）の複雑怪奇な絵画取引が世間を騒がしているが、彼女もどうやら道を踏み外してしまったようだ。

先月8日、朝比奈氏が経営する料亭『春川』のほど近く道頓堀川《どうとんぼりがわ》の畔《ほとり》で、一人の男性の遺体が発見された。警察の調べによると死亡していたのは東亜信用金庫千日前支店の支店長M氏（44）。体内から夾竹桃《きょうちくとう》などに含まれる猛毒成分オレアンドリンが発見されており、服毒自殺とみられている。

このM氏は昨今の株価暴落により朝比奈氏が被った損失の穴埋めのため、預金証書の偽造を行っていた疑いが持たれていたのだ。

府警捜査二課が捜査を始めた矢先の自殺だった。

小誌が摑《つか》んだ情報によれば、M氏は朝比奈氏と愛人関係にあり、彼女を囲む金融関係者の懇親会『春の会』の幹事も務めていたという。M氏は朝比奈氏にそそのかされて不正に手を染め、挙句の果てに朝比奈氏に捜査の手が伸びぬように自ら命を絶ったなどという噂もある。

これが事実だとすればまさに人の生き血をすすり生き長らえる魔女の所業である。

小誌は突撃取材を試みたが、黙して語らず。彼女はお伴の従業員と店の中に消えていった。

――大河スクープ　１９９１年８月９日号

男性殺害認める、女性経営者を逮捕

大阪府警は15日、市内で料亭を経営する朝比奈ハル容疑者（58）を殺人の容疑で逮捕した。6時ごろ、朝比奈容疑者から男を殺してしまったとの通報があり、捜査員が自宅を兼ねた料亭＝大阪市中央区＝に駆けつけたところ、その屋上にある住居部分で男性の遺体がみつかった。捜査関係者によると殺害されたのは住所不定無職の鈴木慎吾《しんご》さん（42）。朝比奈容疑者は「誰でもよかった」「生け贄《にえ》にしろと神様のお告げがあった」などと意味不明の供述をしているという。朝比奈容疑者は、株式投資の損失の穴埋めのため金融機関と共謀し預金証書の偽造を行った疑いを持たれており、関連を含めて警察は慎重に捜査を続けている。

――毎朝新聞　1991年8月15日夕刊

殺人魔女の末路　自己破産
負債額はナント4300億

昨年の小誌のスクープの直後、経営する料亭を訪れた男性を殺害し逮捕された朝比奈ハル被告（59）が、大阪地裁から破産宣告を受けていたことが関係者への取材でわかった。

破産手続きは拘置所で行われる。総負債額は概算で4300億円にのぼり、個人の破産としては史上最高額となる見通しだという。

一時期は日本一の投資家ともてはやされ、魔女の異名を取った彼女だったが、株価下落により多額の負債を抱えたことで、転落の一途を辿《たど》ることになった。地元信用金庫の支店長を巻き込んだ詐欺を行い損失の穴埋めを図るが、そのような不正がまかり通るわけもなく捜査機関からマークされることになった。その矢先、件《くだん》の支店長は自殺。捜査関係者の中には、朝比奈被告により自殺に追い込まれたと断言する者もいる。

この支店長の自殺のおよそひと月後、朝比奈被告は別の男性を今度は自分の手で殺害し逮捕された。この男性と朝比奈被告に接点はなく、本人は〝うみうし様〟なる神様のお告げに従い殺したなどと証言しているというが、にわかには信じ難い。心身耗弱《こうじゃく》を装い、無罪になることを狙っているということも十分あり得るだろう。

朝比奈被告は以前よりこの〝うみうし様〟のお告げにより投資を成功させたと吹聴しており、神棚に黄金像を祀《まつ》っていたことを一部マスコミが面白おかしく報じていた。しかし逮捕時、この黄金像も金策のために処分されており、神棚は空になっていたという。

砂上の楼閣は崩れ去り、二人の男が死に、多額の借金が残った。借金は自己破産で清算できたとしても、失われた命は戻らない。魔女が犯した罪は重い。

――大河スクープ　1992年6月19日号

男性殺害の女性受刑者死亡
元投資家、K女子刑務所で

1991年に男性（当時42）を殺害したとして、殺人などの罪で無期懲役が確定し、服役中の元投資家、朝比奈ハル受刑者が、K女子刑務所で死亡していたことが7日、関係者への取材でわかった。死亡したのは今月上旬で、86歳だった。死因は心不全。服役中に糖尿病を発症していた。

確定判決によると、朝比奈受刑者は91年8月15日、自身が経営する料亭にたまたま訪れた男性を自宅に誘い殺害した。また受刑者は地元信用金庫の支店長と共謀し、偽造した預金証書を使った詐欺も行っていた。

94年、一審大阪地裁は求刑通り無期懲役を言い渡し、被告側は上告せずそのまま判決が確定していた。

——日報通信　２０１９年5月8日配信

※　※　※

バブル。

今から三〇年ほど前。昭和の終わりから平成の初めにかけて、この国にはそう呼ばれる狂乱の時代が訪れていた……らしい。

地価と株価が際限なく膨れあがってゆき、人々はマネーゲームに狂奔した……という。

私自身は体験していないけれど、事実としてそういう時代があったようだ。

それは、一九八五年のプラザ合意をきっかけに八六年から始まり、九〇年の株価暴落をきっかけに九一年に崩壊したとされている。

バブルのことを調べるうちに私は、今年、二〇二〇年とバブル崩壊の端緒となった一九九〇年は、似ているんじゃないかと思うようになった。

どちらの年も、年明け一月の段階では、人々は暢気《のんき》に正月を祝っていた。水面下で世界の様相ががらりと変わってしまうような地殻変動が起きているなんて、夢にも思わずに。

九〇年は、前年末、史上最高値をつけた日経平均株価が年始からじわじわと下落していた。けれど人々はすぐにまた株価は戻ると楽観していた。専門家の中でさえ危機感を抱く者は少数だった。

今年の一月、中国で新型の肺炎が流行しているというニュースが流れたときも、そうだった。このとき、ことの重大さに気づいていた人はほとんどいなかったはずだ。みんな、海の向こうの出来事だし、そのうち収束するだろうと楽観していた。

三〇年前も今年も、年が明けた時点で災厄はすでに始まっていた。しかし、それまで当たり前に続いていた日常が、この先も続くことを誰も疑わなかった。気づいたときには、もう遅かった。世界は決定的に変わってしまっていた。九〇年はバブルの崩壊、今年はＣＯＶＩＤ－19と呼ばれる新型コロナウイルスのパンデミックによって。

もちろんバブル崩壊はほぼ日本に限定された出来事で、世界を丸ごと呑み込んだパンデミックとは規模は違うのかもしれない。しかし直面した人にとっては同じだ。世界とは、その人が生きる半径数メートルの現実と、頭の中の無限の想像のことなのだから。一九九〇年と二〇二〇年の相似――それが決定的な理由というわけではないのだが、私は、私が知らないバブルという時代を生きたある人物について小説を書きたいと思った。今、こんなときだからこそ。

その人の名は、朝比奈ハル。通称、北浜の魔女。

大阪で料亭を経営する傍ら、巨額の株式投資を行った個人投資家だ。

魔女の二つ名が付いたのは彼女が〝うみうし様〟なる神様のお告げに従い投資を行っていると明言していたからだろう。彼女の自宅でもあった持ちビルのペントハウスには、その〝うみうし様〟の黄金像まで祀《まつ》ってあったという。

その様子はマスコミにもよく取材されていたようで、雑誌の過去記事などで確認できる。

この〝うみうし様〟のお告げなるものが、当たるも八卦《はっけ》で結果が伴わなければ、朝比奈ハルは単に奇矯な振る舞いをするだけの女性に過ぎないが、彼女は株式投資で実際に莫大な利益を出していた。だからこそ魔女と呼ばれたのだ。

彼女を囲む懇親会『春の会』に集った一流の金融マンたちは、みな彼女を「日本一の投資家」などと持ち上げ、一緒になって〝うみうし様〟に祈りを捧げていたそうだ。

しかしバブルが崩壊し、株価が大暴落した一九九〇年から朝比奈ハルの人生は一変する。

報道によれば、巨額の損失を抱え込んだ彼女は、その穴埋めをするために『春の会』の幹事を務めていた東亜信用金庫の支店長と共謀し、総額で四〇〇〇億円にも上る額の預金証書を偽造し、これを担保にして複数のノンバンクから資金を詐取したという。

偽造された預金証書が出回っていることを察知した警察が捜査に乗り出した一九九一

年七月、預金証書の偽造をしていた支店長は服毒自殺をする。不正の発覚を恐れ自殺したとも、自殺に追い込まれたとも言われているが、遺書はなかった。

一部のゴシップ誌は、この支店長は朝比奈ハルと愛人関係にあり、彼女は他にも『春の会』に参加しているメンバーの大半と関係を持っていたと報じている。

更に同年八月一五日、朝比奈ハルはその前の晩に店を訪れた当時四二歳の鈴木愼吾という男性を殺害してしまう。

本人の供述によれば、その男性は面識のない一見客《いちげんきゃく》で、その夜、閉店後に店を訪れたので、店に併設されている自宅に招き入れ、リビングで接待する振りをして油断させ、包丁で刺し殺したというのだ。

殺害の動機については、〝うみうし様〟から「誰でもいいから人を一人生け贄にしろ」というお告げがあった、それに従い、たまたま居合わせた客を殺した、という趣旨の供述をしている。

警察が調べた限り、この男性は詐欺事件には関わっておらず、事件以前に朝比奈ハルとの接点もないようだった。

殺人と詐欺の容疑で起訴されたのち、彼女は破産宣告を受けるが、このときの総負債額は四三〇〇億円。金融機関からの借入総額はおよそ二兆八〇〇〇億円。返済総額はおよそ二兆四〇〇〇億円。いずれの数字も個人としては日本史上最高額であり、ハイパーインフレでも起きない限りは今後も破られることはないだろう。

一九九四年七月、無期懲役の判決を受けた朝比奈ハルはK女子刑務所に収監され、世間の表舞台から姿を消す。

収監からおよそ四半世紀後の昨年五月、彼女は獄中で息を引き取った。

逮捕時はすべての全国紙が社会面で大きく報じ、テレビのワイドショーでも連日話題になったようだが、訃報は全国紙では一紙のみがベタ記事で報じただけだった。

私はこの朝比奈ハルを題材に小説を書くために「声」を聞くことにした。検索して見つかる文字になった「事実」ではなく、彼女と関わった人々が語る生の「声」を。それは「物語」と言い換えてもいいかもしれない。それぞれが頭の中にしまい込んでいる朝比奈ハルの「物語」を知りたかったのだ。

これが取材と呼べるのか、私はプロの作家でも何でもないので、よくわからない。ただ私は、朝比奈ハルと関係が深いと思われる人々の居所を調べ、応じてくれた数名から彼女についての話を聞いて回った。

二〇二〇年。パンデミックがなければ東京でオリンピックをやっていたはずの、夏のことだ。

1 宇《う》佐《さ》原《はら》陽《ひ》菜《な》

……よく、私のことがわかりましたね。

興信所？ ああ、探偵さんを使ったんですね。そうですか……いえ、別に構いません。無闇に言いふらされたら困りますけど、そういうつもりではないんですよね。

そうですか。話を。

いいですよ。

はい。その通りです。私はK女子刑務所で、ハルさんと同じ房にいました。

いいえ、最初からではなくて。収監されたときは別の房に入ったんですけど、一年と少しして、ハルさんと同じ房に入ることになったんです。そのときハルさんは糖尿病になっていて労務も免除され、個室で療養していました。そこに私のベッドが置かれ一緒に生活することになったんです。

担当の刑務官《せんせい》からは、ハルさんの身の回りのお世話をすることが私の労務だと言われて。若い受刑者が高齢だったり病気だったりする受刑者の面倒をみるのは、ままあることのようでした。

ハルさんが亡くなるその日まで一緒にいたので、最期を看取ったと言えばその通りです。ハルさんはある朝、眠ったまま冷たくなっていました。安らかでしたよ。診断書には「心不全」と書かれましたが、こういうのを自然死というんだろうと思いました。

私が出所する直前、去年の五月です。年号が変わってすぐのことでした。ですから一緒にいたのは……ええっと……四年八ヶ月……いや、四年九ヶ月です。

それだけの時間がありましたから、生前のハルさんとは、いろいろな話をしました。

刑務所では基本的に受刑者同士の私語は厳禁なんですが、房ではほとんど二人きりで過ごすので、小さな声であれば、刑務官にバレずに話をすることもできたんです。

最初は他愛のない、その日の食事がどうだったとか、外の天気の話とかそんなことばかりだったんですが、気心が知れてくるうちに、どうして刑務所に入ることになったのかとか、身の上話をするようにもなって。

いいえ、ずっとハルさんが聞き役で、話すのは私でした。

ハルさんは、いつも優しい笑顔で、聞いてくれました。「いい」とも「悪い」ともジャッジせず、ただ「大変やったね」と共感し、受け止めてくれたんです。

やがて私は、そんなハルさんのことを慕い、尊敬するようになりました。そしてハルさんのことを知りたいと思ったんです。私が受け止めてもらったように、私も彼女のことを受け止めたいと。でも、こちらから訊こうとは思いませんでした。

刑務官の話しぶりから、ハルさんが無期懲役囚であることはわかっていました。ならば犯した罪も相応に重いもののはずです。軽々しく聞いてはいけないような気がしたんです。

ええ。私はハルさんのことを何も知りませんでした。私が生まれたのは、一九九一年。もうバブルというものがはじけたあとで、ちょうどハルさんが逮捕された年です。ハルさんのことが報道されていたのは、ものごころつく前ですし、子供の頃はずっとテレビを観せてもらえなかったから、知りようもありませんでした。

ハルさんが私の内心を察してくれていたのかは、わかりません。けれど、ハルさんは亡くなる少し前「うちの話、聞いてもらってええ？」と、自分の身の上話を私にしてくれたんです。それはとても長く一度では終わらず、何日かに分けて話してくれました。

え、私のこと、ですか？

ふふ。ハルさんとは全然関係ないですよ？

そうですか。わかりました。いいですよ。どうせ調べればわかることですしね。私の故郷は長野のS市で、私の両親は教団――『メギドの民』の信者でした。

はい。『メギドの民』はキリスト教をベースにした宗教。いわゆる新興宗教です。正統派のキリスト教、特にカトリックの教会からは異端視されていて、世間ではカルトと言われることも多いですよね。

けれど信者は自分たちが信じているものこそ、真のキリスト教だと思っています。私の両親もそうでした。私も幼い頃は、そう思い込んでいました。親から教えられたので。『メギドの民』の教えによれば、俗世の人々は悪魔の誘惑に負けて堕落しきっているから、いずれ〝審判の日〟がやってきて神様が世界を滅ぼすことになっているんです。そのあと、聖書を正しく学び神様の教えに従って生きていた『メギドの民』の信者だけが、神様の力で復活し、悪が滅んで楽園になった世界で永遠に幸せに生きるんだそうです。

いわゆる終末思想です。詳しくは知りませんけれど、私が子供の頃に、テロ事件を起こしたオウム真理教というのも似たような教えを持っていたそうですね。カルト宗教の典型的な特徴の一つだって言う人もいますけれど……でも、正統派のキリスト教にだって終末思想はありますよね。「信ずる者は救われる」って、つまりそういうことなんじゃないでしょうか。私、今はもう『メギドの民』の教えは信じていません。でも、カルトと呼ばれるあの教団と、正統派のキリスト教をはじめとする普通の宗教のどこがどう違うのかは、未だによくわからないんです。

ともあれ『メギドの民』は、自分たち以外の宗教は正統派のキリスト教含めて全部否定しますし、俗世の文化や風俗も悪魔に毒されているとして嫌っています。クリスマスも、お正月も、お盆も、ありません。

子供の頃、私が親から与えられた絵本や玩具《おもちゃ》はどれも『メギドの民』の教団本部が無害と認定しているものでした。お菓子なんかも、市販のものは食べちゃいけなくて、本部が無添加の身体にいいものをつくって子供のいる家庭に売るんです。あと教団は教えに則した子供向けアニメまでつくっていて、家ではそればかり観せられていました。

そうやって教団の教えに従って、自らの欲望を律して生活することが、信者にとっての幸福なのです。私は幼い頃からそう教わって、いえ、刷り込まれて育ちました。だから自分は幸せなのだと思っていました。楽しそうな俗世の玩具や、美味《おい》しそうな俗世のお菓子を我慢して、教団のつくった退屈なアニメばかり観ている自分は、世界で一番幸せな子供だと信じていたんです。

一応、学校は普通の学校に通うんですが、家では「学校で教えていることのほとんどは悪魔の嘘だから」って言われていました。俗世の友達と遊ぶことまでは禁止されていませんでしたが、クリスマス会とかひな祭りとか、そういう行事には参加できませんでしたし、友達の家に行っても、漫画を読んだり、ゲームをしたりすることも許されませんでした。

結局、俗世の友達には上手《うま》くなじめないので、同じキャンプの子と遊ぶことが多くなるんです。

あ、キャンプっていうのは、地域ごとに設けられている支部のようなもので、私たち家族は長野キャンプに所属していました。キャンプには少年部とか青年部とか、世代ごとの部会があって、そちらの友達の方が俗世の友達より話も通じるし、付き合いは深くなるんです。

ただ、やっぱり子供はみんな、俗世の子の遊びが気になっていて。特にゲームとアニメですね。普通に生活しているだけで情報は入ってきますから。

当時はポケモンがすごく人気で……、て、今も人気ですよね。それだけ魅力的なんですよね。でも『メギドの民』的にはポケモンは悪魔のゲームなんですよ。あれ、キャラクターが進化するじゃないですか。教団は進化論を否定していますから。

キャンプの少年部に、俗世の子の家でこっそりポケモンのゲームをやったりアニメを観たりしている子がいて、それを周りに自慢したり、内容を教えたりしていました。みんな興味津々で聞いていたんですけど、別の子が大人に言いつけたんです。真面目に教えを守っていたのか、うらやましくて妬《ねた》んだのかはわかりませんが。ポケモンで遊んだ子は、お仕置きを受けていました。

お仕置きというのは、体罰です。『メギドの民』では、子供に言うことを聞かせるのに体罰をとてもよく使うんです。家では、定規や棒で背中やお尻を叩かれるんですが、キャンプの施設には〝愛の雷《いかずち》〟という機械がありました。棒が二本、コードで繋《つな》がっていて、それを身体に当てるとビリビリってすごく痛くて痺《しび》れるんです。はい、身体に電気を流しているんです。そういう折檻《せっかん》用の機械です。

私も一度だけやられたことがあります。何でだったか、もうよく思い出せないんですが、たぶん集会に遅刻してしまったとか、そんな些《さ》細《さい》なことだったと思います。棒を背中に当てられた瞬間、衝撃が頭まで駆け抜けるんです。でもその痛み以上に〝愛の雷〟を使われることの恐怖そのものが強く記憶に残っています。

子供にとって大人から与えられる体罰は、ほとんど天罰と一緒です。誰かが体罰を受けるのを見るとき、あるいは自分が体罰を受けるとき、教えを守らないと不幸になる、そしてその逆説としての、教えを守っていれば幸福になれる、という因果律が頭に刷り込まれてゆくんです。

『メギドの民』の戒律はとても厳格です。その厳格な戒律をしっかり守るという意味で、信者には真面目な人がとても多かったと思います。私の両親もそうでした。その真面目さは思い込みの強さの裏返しなんですけどね。宗教的な話をしないで普通に生活している分には、善男善女と思われるような人ばかりでした。

でもやっぱり、戒律に縛られているため生活の幅は狭いですし、成長して思春期を迎えて大人になっていくと、俗世との齟齬《そご》はどんどん大きくなっていくんです。

その最たるものが……、お金と恋愛でしょうか。どちらも人間を堕落させるものだとして、『メギドの民』ではひっくるめて「欲望」と呼んだりもしていました。

小さな頃から、お金は汚い物だと徹底的に教え込まれます。お金とか資本主義は、悪魔がこの世を支配するためのシステムだって。その一方で社会主義や共産主義も神様を否定するために悪魔がつくったものらしいです。結局、どんなイデオロギーでも『メギドの民』は否定するんです。

俗世のお店でお金と引き替えに手に入る物やサービスは、基本的に悪魔の息がかかっている悪いものとされていました。教団は〝浄品〟という信者用の食料品や生活雑貨をつくっていて、俗世で稼いだお金はなるべくこの〝浄品〟を買うために使わなければならないとされていました。

お金儲け、つまり俗世の仕事に一生懸命になるのも悪いことだとされていました。非正規やアルバイトなど時間の融通が利く仕事をしながら、なるべくたくさん、教団への奉仕活動をするのが信者のあるべき姿でした。俗世の企業の正社員になる人はむしろ「堕落している」って馬鹿にされるんです。

だから私の両親は二人とも定職に就かずアルバイトを転々としていました。もちろん収入は少なく、その少ない収入で買うのは〝浄品〟ばかり。しかも〝浄品〟は割高で、たとえばほとんど具のないレトルトカレーが五〇〇円くらいしました。

食事はいつも、ご飯におかずが一品だけ。その具のないレトルトカレーだって本当にたまにしか食べられないご馳走だったんです。

　服も季節ごとに二着かせいぜい三着を着回していて、少しほつれたり穴が空いたりしても買い換えず、母が縫って直していました。子供の頃はそれが普通と、いや、そういう生活こそが幸福で豊かなものと思っていたんです。

　あと恋愛ですが、『メギドの民』は若者が恋愛することを認めていません。人間が本当の愛を育むには魂の成熟が必要だとして、三〇歳までは男女交際が禁止されています。独身の男女が二人きりで遊びに行くことも許されません。もちろん性的な関係を結ぶこともです。それどころか自分で処理すること、つまりマスターベーションも禁止されていて、してしまったら、キャンプの幹部に報告をして罰を受けなければならないのです。

　私の両親は結婚後に夫婦で入信しましたが、そうでない独身の信者や私みたいな二世は三〇歳になると、〝召命婚〟といって結婚相手を教団に決められるんです。

　そうですね、昔、信者だった男性歌手が〝召命婚〟したことがあります。あれは、俗世でもずいぶん話題になったようですね。私が生まれてすぐくらいのことで直接は覚えていませんが、あの方は教団内でも有名でしたから。広告塔というか、ええ、イメージソングもつくっていました。あの方が〝召命婚〟した相手は、日本のキャンプ全体をまとめる役員の娘さんでした。

実際のところ、〝召命婚〟の相手は幹部がいいように選んでいたんだと思います。可愛らしい女性や格好いい男性の相手として選ばれるのは、決まって幹部の子でしたから。でも、私は本当に神様があらかじめ相手を決めているものだと信じていました。

私自身、高校生のときに、所属するキャンプで少年部の監督役を務めている幹部に言われたんです。「特別に教えるけど、僕がきみの〝召命婚〟の相手なんだよ」って。当時で四〇歳くらいの、とても肥った方でした。その方は一度〝召命婚〟をされていたんですが、奥さんを病気で亡くしてしまい独身でした。自分の倍以上も年上で、言ってしまえばまったく男性としてもタイプじゃない人で、すごく戸惑ったんですが……、相手は監督として私たちの指導をする立場の人です。疑いませんでした。私は三〇歳になったら、この人と〝召命婚〟をするんだって。

それからその人は、私を物陰に連れて行って、身体を触るようになったんです。胸やお尻を……。「こうして結婚の準備をするんだよ」って。月に二、三度でしょうか、会合でその人に会うことがあったんですが、その度に触《ひと》られました。

もちろん気持ち悪かったです。その人は体臭も酷くて近寄るだけで鼻の中に腐ったチーズを……あ、チーズって元々腐ってるんでしたっけ。とにかく腐ったものを入れられたような気分になりました。でも、あの頃はそんなふうに感じることさえいけないことと思い込んでいました。この人は神様が決めてくださった相手なのだから、我慢しなきゃいけない、と。

やがてその人は私のパンツの中に手を入れて、性器をいじったり、自分の性器をその……握らせたりもするようになって……、でも最後まではしないんです。きっと彼も、どこかで恐れていたんだと思います。戒律を破ってしまうのを。その代わり「三〇歳になったらきみの純潔をもらうよ」なんて、今、思い出しても鳥肌が立つようなことを言われました。

あの頃はまったく自覚はありませんでしたが、私は間違いなく性暴力を受けていたんだと思います。当時高校生ですから、結婚まであと一五年くらいこれが続く、そして結婚したら……と、思うと暗澹《あんたん》たる想いに駆られるのですが、神様に祝福された幸せなことなんだって思い込もうとしていました。

高校三年生のとき、そんな私に好きな人ができたんです。同じキャンプの同い年の男子でした。小さな頃に、こっそりポケモンで遊んでお仕置きされていたあの子です。昔は決まりを守らない彼を、あまりよく思っていませんでした。でもキャンプの少年部で同じ委員になってから、意識するようになったんです。やっぱり彼は真面目に決まりを守る方じゃなかったんですけど、委員の仕事は責任感を持ってちゃんとやっていて、頼もしく感じました。気がつけば、彼のことばかりを考えるようになってしまっていて。初恋……といえば、初恋だったんだと思います。

ただ、私の〝召命婚〟の相手はすでに決まっています。彼と結ばれることなどない、この気持ちには蓋をしなければならない、そう思いました。

でもキャンプの委員の任期が終わったタイミングで、あ、これはちょうど高校卒業のタイミングでもあったんですけど、彼が告白してくれたんです。「好きだ。神様に内緒で付き合わないか」って。

この「神様に内緒で」っていうのは、『メギドの民』二世の告白の決まり文句なんです。私は思わず「はい」って答えていました。教団側は禁止していても、若い世代の信者で恋愛する人は少なくなくて、こっそり付き合っているカップルは他にも何組かいました。教えに反することだけど、みんなやっていることだし、何より彼と両想いだったのがやっぱり嬉しかったんです。

高校を卒業したあとは私も彼もアルバイトをしながら、キャンプの青年部で活動していました。

交際がバレたら大変なことになるのはわかっていたので、付き合い始めの頃は気を遣いました。互いにわざとそっけなくしたりして。それでも、もう二人ともバイトである程度自由になるお金を稼げていたし、携帯電話も持っていたので、周りに気づかれないように付き合うのはそんなに難しいことじゃありませんでした。

私が小学生くらいのときまで『メギドの民』は、携帯電話やインターネットは悪魔がつくったものだって目の敵《かたき》にしていましたけど、だんだん布教や教団の運営に不可欠になってきて、いつの間にか公式サイトをつくったりグッズのネット通販を始めたり、なし崩し的に信者が携帯やスマホを持つことも認められるようになりました。そういうところは、いい加減なんです。

ありがたかったのは、例の私の〝召命婚〟の相手は少年部の監督役だったため、青年部に移ってからは顔を合わせる機会が減ったことです。恋人ができてからは、あの人に触られることは本当に嫌になっていたので。

それから私は、だんだん『メギドの民』の教義に疑問を持つようになっていきました。教義によれば全知全能の神様は、いつでも私たちのことを見ているそうです。でも、だったら、どうして私たちはずっとバレずに付き合っていられるのかわかりません。ある日のデートのとき神様を試すような気持ちで「今日はホテル行ってもいいよ」って言ったんです。自分の純潔は、やっぱり好きな人にあげたいって気持ちもありました。彼はその前から私を求めていましたし、私たちはすんなり結ばれました。それからは会うたびにするようになりました。彼がすごくしたがったし、私も彼に抱かれるのが幸せでした。

そう、戒律を破れば不幸になるはずなのに、幸せだったんです。だから私は実は神様に赦《ゆる》されているんだって、思うようになりました。

関係がバレたのは、付き合い始めて三年くらいした頃です。繁華街を二人で歩いているところを、たまたま同じキャンプの人に見られたんです。腕を組んでいたわけでもなかったんで、誤魔化せたかもしれなかったんですけど、彼はその人に聞かれたとき、言い訳せずに正直に話しました。赦されているって感覚は私だけじゃなくて彼にもあったみたいで、教団も認めてくれるって思ったらしいです。私も、同じように楽観していました。交際を認められて、〝召命婚〟の相手を彼に変えてもらえるだろうって。

でも、そんなことありませんでした。私たちはキャンプの幹部たちからも、親からもすごく怒られて、無理矢理、別れさせられそうになりました。特に〝召命婚〟の相手は怒りました「おまえは純潔を失って魂が穢《けが》れてしまった。一生、結婚も子供を持つこともできないし、どれだけ償っても赦されず、〝審判の日〟のあと復活できなくなる」なんて言われました。

彼はこれに憤り、駆け落ちしようと言ったのです。『メギドの民』なんてインチキなカルト宗教なんだと、彼は言い切りました。

彼はたぶん生まれつき好奇心が旺盛で、自然と俗世のことに興味を持ったんだと思います。高校までの私がそうでしたが『メギドの民』の信者は、学校でも職場でも、大抵、俗世とは距離を置いてなるべく関わらないようにします。小さい頃から、俗世は穢れた恐ろしい場所だと脅されて育ちますから、自然とそうなるんだと思います。でも彼は違いました。俗世の友達もたくさんいて、こっそりとですが俗世の文化にも触れていました。

彼と付き合うようになって、私も俗世のことを知るようになりました。彼とのデートではいつも、ゲームセンターや映画、遊園地などの『メギドの民』的には、悪魔がつくったとされている娯楽に興じました。彼の高校時代の同級生や、バイト先の先輩など、俗世の友達もたくさん紹介されました。私は私で、バイト先で俗世の友達をつくったり、退廃的とされている俗世の音楽を聴いたり、俗世の小説や漫画もよく読むようになりました。

それまで教義によって狭められていた世界が、一気に広がったんです。同時に、教団が悪魔に支配されていると忌み嫌う俗世が、そんなに悪いものじゃない、教団のキャンプの閉じた世界に比べればずっと広くて豊かなところだとわかってきました。

特に驚いたのは俗世のお店で売っている物です。だって『メギドの民』の〝浄品〟よりも、ずっと安くて品質のいい物がたくさんあるんですから。一〇〇円ショップで買ったレトルトカレーが、あの五〇〇円のカレーより美味しくて具が大きいと知ったときは、さすがにショックでしたけれど。

それから、俗世と『メギドの民』では、正社員とアルバイトの立場がまるで逆なことにも驚きました。俗世では、いつまでも定職に就かずにふらふらしている人の方が、むしろ堕落していると見做《みな》されているんですから。

私は俗世の実相を知るにつれて、豊かで幸福だと思っていた『メギドの民』の信者の生活は、とても貧しく不幸なものじゃないかと思うようになったんです。

〝浄品〟よりもいい物が安く、種類も豊富に売っているスーパーで買い物をすることや、主菜と副菜の揃ったご飯を食べること。身だしなみをきちんとするために服を揃えること。たまに外食したり、映画を観たり本を読んだりすること。そんな俗世の普通の子たちが普通に送っている生活が、悪いこととは思えなくなりました。そしてそんな生活を安定させるために、正社員になることは堕落ではなく、むしろ立派なことと思うようになったんです。

彼などは『メギドの民』を否定する本や、元信者の方が書いた暴露本を読むようになり、「この本に書いてあることが本当なら『メギドの民』こそ神様の名を騙《かた》る悪魔の宗教なのかもしれない」とまで言うようになりました。

ただ彼にも、そして私にも、迷いがありました。『メギドの民』の教えは、それこそ子供の頃からずっと刷り込まれてきたものです。俗世を知り疑いを持ったからといって、簡単に全否定できるものではないんです。

教団が私たちを引き離そうとしたからこそ、私たちは最後の一線を越えられたのです。私たちは互いに愛し合い、神様に赦され祝福されているとさえ思っていました。だからこそ、それを認めない『メギドの民』は偽物だと確信したんです。彼が「逃げよう」と言ってくれたとき、私は運命のように思いました。迷わず、彼についていくと決めたんです。

私たちは家出し教団も脱退して東京へ向かいました。彼の高校時代の友人が上京していたので、最初はその人を頼り保証人になってもらい、何とか住むところを見つけました。都心からはずいぶんと離れた場所の安アパートでしたが、陽当たりがよくいい住まいと思えました。二人ともアルバイトですが仕事もすぐに見つかりました。

『メギドの民』は俗世とのトラブルを嫌ってか、脱退した信者を無理に連れ戻すようなことはあまりしませんでした。終末思想ゆえに「脱退者はどうせ〝審判の日〟に滅びる」という考えなんです。一度だけ実家に電話しましたが、母には「あんたみたいに堕落した子とは、もう縁を切る。あんたはこの先、悪魔に支配された地獄の俗世で苦しむことになる。全部自業自得さ。ざまあみろ」と怒鳴られ向こうから切られました。実の親にあんなことを言われ、心がぺしゃんこになるほど悲しく思いましたが、家を出た身としては、好都合でもありました。

東京で、教団の支配から逃れて、彼と二人、幸せに暮らしてゆく。教団がつくったまがい物の幸福ではなく、真の幸福を手に入れる——このときは、そう、信じていました。いいえ、信じようとしていました。

本当は不安だったんです。教義を否定して脱退したからといって、俗世は穢れた恐ろしい場所だという刷り込みが、すべてきれいに消えてなくなるわけではありません。私たち二人だけで、この俗世で生きていけるのか、不安でなりませんでした。そして不安は的中しました。俗世での暮らしの中で、これまで感じたことのない苦しみに苛《さいな》まれるようになったんです。

『メギドの民』の信者でありながら俗世と関わりを持つことと、一〇〇パーセント俗世に身を置いて生活することは、まったく違います。俗世には教義、人間はこうしていればいいという「正解」はありません。全部を自分で決めなければなりません。

スーパーの品揃えは〝浄品〟よりもずっと多様ですが、選択肢が多ければ、それだけ迷いも生まれます。俗世には「いい物」がたくさんありますが、何を選んでも「もっといい物」があるような気になってしまうんです。そして「いい物」や「もっといい物」を選ぶためにはお金が必要です。

私たちは以前なら教団への奉仕活動をしていた時間も働くようになり、自由になるお金は増えました。割高で品質もよくない〝浄品〟ではない、物やサービスを選ぶことができるようになりました。しかし同時に「欲しいのに買えないものがある」とか「やりたいのにできないことがある」という苦痛を、より強く味わうようにもなったんです。彼も私も学歴は高卒ですし、資格は運転免許すら持っていません。教団では学校で教わることは嘘だと言われていたので、ほとんどまともに勉強もせず大人になりました。言ってしまえば世間知らずです。そんな私たちが得られる仕事はどうしても最低賃金ぎりぎりのものばかりでした。

　俗世に出て好きなテレビ番組を好きなだけ観られるようになったけれど、肝心のテレビを買うためには、生活を切り詰めなければなりません。晴れてテレビを買えても、仕事が忙しいので観たい番組をなかなか観られません。じゃあレコーダーを買おうかとなると、またお金がかかります。テレビにしろレコーダーにしろ、たくさん種類があるんですけど私たちが選べるのは結局、一番安い価格帯のものだけです。

　教団にいた頃より生活の水準は向上しているはずなのに、貧しさを感じることが多くなりました。それでいながら好きなことをしたり、たくさんお金を使うことに罪悪感も覚えるんです。それこそ一番安いテレビやレコーダーを買ったときでさえ、罪を犯しているような感覚がありました。『メギドの民』を脱退しても、俗世の欲望に従うことやお金を使うことを悪とする価値観はずっと心の中に巣くっていたんです。

　何かストレスを感じたり、嫌なことがあるたびに、母に言われた「自業自得」の四文字が頭に蘇《よみがえ》りました。やはり『メギドの民』の教えは正しくて、脱退した私たちは堕落してしまったのではないかという思いがどうしてもよぎります。

でもそんな私以上に彼が、この俗世での生活に苦しみを覚えていました。教団の中ではいかにも俗世慣れしていて頼もしく思えた彼でしたが、捨て去ったはずの信仰と俗世の価値観とのギャップに苛まれるようになりました。やがて「やっぱり俗世は欲望にまみれている」「逃げるべきじゃなかった」「俺たちは堕落してしまった」などと、私と駆け落ちしたことを後悔するようになりました。そして……私に暴力を振るうようになったんです。

最初は暴言、言葉の暴力から始まりました。彼は何か気に入らないことがあると、私を叱りました。たとえば私が洗った食器に少しだけ汚れが残っていたときなど「おまえは皿洗いもまともにできないのか。俺を殺す気か」って。小さな汚れからばい菌が繁殖して命までも奪われると、彼は本気で心配しているようでした。

私もです。私も、とんでもないことをしてしまったと本気で思い反省し「ごめんなさい」と何度も謝ったんです。彼は「バカ」とか「クズ」とか、そんな罵り言葉もたくさん投げつけてきました。私はただただそれを浴び続けました。あのときの私は、それを理不尽とは思いませんでした。私は本当に悪いことをしてしまい、叱られているという意識だったんです。

家事の負担が平等でないことも、そうです。私と彼は二人とも朝から晩まで仕事をしていたのに、家事は私だけが一人でやっていたんですが、そんなことまったく、気にしませんでした。ただただ、私が悪いとしか思えなかったんです。

口の利き方がよくないとか、目つきが生意気だとか……そんな理由でも彼は私を叱りました。やがて「口で言ってもわからないなら」と手を上げるようになったんです。でも私はそれをある種の躾《しつけ》というか、受けて当然の罰を受けているとしか思わなかったんです。

私は彼から暴言や暴力を受けることで、救われているような気分になっていたんです。客観的に見れば、叩かれている私が被害者で、叩いている彼は加害者ということになるんだと思います。でも、私たちの間では、彼はいつも被害者でした。私の失敗や愚かさが、彼を傷つけていると思っていました。そうやって、善悪がはっきりとしていることが、安心だったんです。「正解」のないこの不安な俗世において、おまえが悪いとはっきり言われ罰を与えられることはたしかに救いでした。

たぶん私にとって彼は、教団の、延《ひ》いては神様の代わりだったんだと思います。けれど彼の暴力は日に日にエスカレートしてゆきました。最初は平手だったのが、拳《こぶし》になって。首を絞められたりするようにもなりました。怪我をさせられることも珍しくなくなりました。私、少し鼻が曲がってしまっていますけど、これは彼に殴られて骨を折られたからなんです。ものすごくいっぱい血が出ました。私、心のどこかで、このまま彼に殺されるかもしれないと思っていたんです。それでもいい。そうなったら、そうなったで仕方ないと、諦めにも似た不思議な気持ちがありました。

でも……あのとき……。自分でもわからないんです。ある日、彼に滅茶苦茶に殴られてて、虫の居所が特に悪かったみたいで、いつもよりも酷くて、途中で前歯が折れて、今日こそ本当に殺されるかもって……すると一瞬、頭の中が真っ赤に染まった気がして、気づいたら彼を突き飛ばしていたんです。反撃したのはそのときが初めてでした。彼は大きくよろけて冷蔵庫に頭をぶつけて――あ、場所は家の台所でした――その場にへたり込んだんです。ぶつかったダメージというわけではなく、彼は驚いたんだと思います。それで呆然としたように「おまえ……」って。

私は突然、怖くなりました。彼が怒って、これまで以上に殴られるんじゃないかって。ずっと殴られることで救われるような気がしていたのに、このときは怖くて仕方なかったんです。

なぜ突然、あんな恐怖に囚われたのか、本当にわかりません。生存本能……だったんでしょうか？　弁護士の先生はそう仰《おっしゃ》いました。殺されたくないという、生物として当然の防衛欲求だったろうと。でも、自分ではよくわかりません。

ともかく、あのときはこの恐怖から一刻も早く逃げたいと思って、そしたらシンクの脇に刺してあった包丁が目について……。

はい。それで彼のことを刺したんです。彼はいきなり刺されるなんて思っていなかったんだと思います。避《よ》けようともしませんでした。包丁は彼の胸の辺りに突き刺さりました。引き抜くと同時に、どぼどぼと血が噴き出てきて。私はそのまま、もう一度刺そうとしました。彼は、大きな声をあげて、逃げようとしました。でもすぐには立てないみたいで、床を這って。私はそれを追いかけて、後ろから背中を何度も刺しました。二四回というのは、あとから警察の方から聞きました。無我夢中で何度刺したかなんて覚えていませんでした。ただ、気がついたら、彼はぴくりとも動かなくなっていました。

裁判は、すべて弁護士の先生にお任せしました。私は人を一人、しかも愛した人を殺してしまったのですから、当然死刑になると思いました。どんな事情があろうとも赦されない、本当に恐ろしいことをしてしまったと思っていたんです。

しかし言い渡された刑は懲役六年でした。正当防衛は認められなかったそうですが、裁判所は私の置かれた事情をかなり汲んでくれたようでした。

でも、私に与えられた罰が何であれ、一つ確かなのは、結局、私は幸せになれなかったということです。そのために彼と一緒に教団から俗世に逃げたのに。

裁判官から判決を言い渡されたとき、私は別の声を聞いた気がしました。

――あきらめろ、受け入れろ、我慢しろ。

あれはきっとこの世界そのものの声。

それまで気づかなかっただけで、私は幼い頃からずっとこの声に支配されていたんです。

そして私はK女子刑務所に入所することになり、ハルさんと出会いました。

2　植芝甚平《うえしばじんぺい》

えっと、あんたが電話くれた……。ああ、せや、儂《わし》が植芝やで。

すんませんなあ、思うたより若い方だったんで、驚いたわ。いやな、あんな昔の事件調べとる小説家ゆうから、もっと上の人かと思うたんよな。

え、小説家と違うの？　だって……、はあ、そう。アマチュアでもこんな取材するもんなん？　いや、ええんよ。こっちは、あんたがプロでもアマでもね。

それにしても、何やっけ、ソーシャルなんちゃら……ああ、そうそうディスタンスな。こう席がこんくらい離れとるのはええわな。周りに話聞かれる心配もないし。まあもう、誰かと茶店《サテン》、入る機会もそうそうないけどな。

ふふ、そいでも……ああ、こんなこと大っぴらに言うと怒られるんやろうけどな、街に出ても人が少ないんは、特に外国人が少ないんは、ええよな。ちょっと前まで梅田や難波のデパートなんて、そこら中で中国語聞こえてきて、どこの国か思うようなってたしな。

あんたみたいな若い人に言うの悪いけど、老い先短い身としては、多少でも過ごしやすうなってくれるんやったら、コロナもええ思うわ。

まあ、インバウンドやっけ。そういうのあてにしてた連中は泡くっとるやろうし、飲食やら観光やらの商売やっとる人らはこの先どうなるか頭抱えとるんやろうけどな。あのGo Toゆうやつも間が悪すぎるし、ほとんど意味ないいん違うかな。

で、聞きたいんは、朝比奈ハル、ハルちゃんのことやね。

まず何から話せばええかいな？

あ、生まれ？　儂の？　そら昭和八年よ。昭和八年七月一八日や。医者行くとな、ボケてんのか確かめるんか、毎回聞かれるからな。すらすら言えるようになったわ。西暦やと……えと何年やっけ？　そこは計算してや。一九三三年？　だったらそうなんやろ。

せやで、ハルちゃんと同じ和歌山県のS村の生まれや。海に面した村でな。紀伊水道よ。特徴言われても、まあ何もない田舎の村やわ。うちの親父も漁師やったけど、大抵の家が漁で生計たてとる漁村やったわ。

歳も一緒やで。ハルちゃん、たしか四月生まれやったから、儂の方が少しあとに生まれたんよな。小学校にも一緒に通った、幼なじみゆうやつやな。

ハルちゃん、小さい頃からいっつもにこにこしてて、人懐っこくてな。なんや一緒におるとうきうき楽しい気分になるんよな。まあ子供やさかい、自分でもようわかっとらんかったけど、ハルちゃんが儂の初恋の相手やったんかなて思うわ。

儂、年子の妹がおってね。もうずいぶん前にポックリ逝ってもうたんやけど、その妹なんて、ようハルちゃんとおままごとしとってな、ときどき混ざらんかて誘われたんよ。嫌々付き合う振りして、ほんまは嬉しかったわ。

玩具なんて上等なもんないから、砂浜で打ち上げられとる魚の死体やら貝殻なんかを拾ってきて、それを使うんや。は、死体でおままごとなんて今の子供らにしたら、信じられんやろうけどなあ。昔の日本人はな、そうやって命ゆうもんを自然と学んどったような気もするで。

ハルちゃんは、いつも大豪邸に住むお嬢さんの役をやってな。子供やしほんまもんの金持ちがどんな暮らししとるかなんて知らんから、ぼんやりした想像でな、金銀財宝に囲まれて毎日楽しく暮らしとるとか、おとぎ話みたいなごっこ遊びやったわ。

儂が混ざるときは、お嬢さんの家をアメリカから守る兵隊さんの役でな。たまにハルちゃんの兄さんの茂《しげる》さんが混ざることもあって。

ああ、そうよ、ハルちゃんには三人、お兄さんがいてたの。茂さんはその一番下のお兄さんでな、儂やハルちゃんの三つ上やったっけな。賢い上にガタイもよくて、運動も得意やった。将来は士官学校行くんやないかて言われとったよ。それでいて気は優しくて妹思いのいいお兄さんでな。儂の妹なんぞ、うちのお兄ちゃんも茂さんやったらええのに、なんてようぬかしておったわ。

おままごと混ざるとき、茂さんはいつも儂の上官の将校さんの役やってな。儂ら男の子は、半分、戦争ごっこみたいな感じやな。まあ当時、大人らは、ほんまもんの戦争やってたんやけどね。

儂らが数えで九つ、せやな満年齢やと八つや。そんとき大東亜戦争が始まって、ああ、そうよ太平洋戦争のことよ。アメリカとの戦争な。

あんとき、ハルちゃんの上のお兄さん二人は召集されて、戻ってこんかった。戦死してもうてん。

ハルちゃんのご両親は気丈でな。どっちが召集されたときも、そいから戦死が知らされたときも、悲しい顔一つせんかった。特に親父さんなんか、誉れじゃ、誉れじゃ、て心底喜んどるようやった。お袋さんも気丈でな、息子の戦死でめそめそ泣かん愛国婦人やったよ。

でもハルちゃんは悲しかったみたいでな。まだ小さな子供や、無理もないけどな。いつだったか遊んでる途中でハルちゃんが突然泣き出してもうたことがあってん。そんとき茂さん「泣くな。俺が兄ちゃんたちの敵《かたき》とる。ハルのことは俺が絶対に守ってやる」なんて慰めてたわ。

戦死した人らの敵とる――あん頃は、そう誓う子供はいっぱいおってな。儂かて大きくなったら兵隊んなって、茂さんと一緒に戦いたい思うてたわ。

幸か不幸か……儂が兵隊になる前に戦争終わってもうたけどな。

でもなあ。思えば、あれで何もかもがおかしなったんよな。

まあな、アメリカとの国力考えりゃ無謀な戦いやったかもしれんよ。せやけどそれは後知恵やろ。日本には日本の正義があったんや。侵略戦争なんてのは、あとからアメリカが都合ようつくった嘘よ。あれは自衛のための戦争やったんやで。

あん頃の儂は、正義の日本が負けるわけないいて信じてたわ。儂だけやない、みんなそうやった。あの日、八月一五日。そうよ、玉音放送。まあ、あの放送はちょっと何言うとるのかわからんかったんやけど、役場の人が来て、日本が負けたゆうこっちゃて説明があって、村の大人たちも、みんな、狐につままれたような顔してたもの。

それまで日本が戦争で負けたことなんかなかったからな。最後は勝ってくれるてみんな思うてたんや。

せやけど、負けた。どうも日本はアメリカに占領されるらしいてなってな。

それからハルちゃんの親父さん、おかしゅうなってもうたんよ。質実剛健を絵に描いたような立派な愛国者やったのに。立派すぎたんかもしれんわなあ。

昼間っから酒飲んで、そこいらうろつくようになってな。神国日本がアメリカなんぞに負けるわけがない、これは何かの間違いやあ言うて大騒ぎしたり、日本刀持って暴れたりもしとったわ。

気持ちはわかるで。儂かて暴れたいくらいやったもの。

せやけどやっぱり、刃物振り回すんじゃ恐ろしゅうてな。親にも、朝比奈さんに近づいたらあかん言われたわ。

まあ、あん人が極端だっただけで、敗戦で様子がおかしゅうなった人は他にもようけおったわ。儂の親父もあの頃、妙に暗くなったしな。そんだけの一大事やったんよ。

それから、戦争終わる少し前から、都会の方から浮浪児みたいなんがずいぶん村に流れてきよってなあ。みんな、空襲やらで親を亡くした子ぉらみたいやったわ。都会じゃものがなくて、食い詰めて、行くあてもなく田舎の村を転々としてるようでな。乞食みたいに家を回って食べもん恵んでもらったり、空家に住み着いてみたり。かと思えば、気づいたらおらんくなったりなあ。こっちもそんなに余裕があるわけでもないんでな。

結局行き倒れて無縁仏んなる子もずいぶんおったよ。

戦中戦後の混乱、なんて言うたら簡単やけどな。あん頃はほんまに、むちゃくちゃやったで。

それが、更にむちゃくちゃになったんが、村にアメリカの兵隊が来るてなったときよ。戦争終わってひと月くらいやったかな。いよいよ占領が始まってん。西日本の進駐軍の拠点は大阪になるんやけど、大阪湾にはようさん機雷が沈んどるとかでな、米軍が和歌山から上陸しおったんよ。連中、村の浜にも来ることんなってな。

まあ実際のとこはただ素通りしただけなんやけど、村じゃ、アメリカの兵隊は鬼畜や、男は全員殺されて、女は全員犯されるて、まことしやかに言われとった。そらもうみんな不安やったんよ。

その不安が、ただでさえおかしゅうなっとる人、もっとおかしゅうしたんかしれんな。ハルちゃんの親父さん、村中の人に「腹を切る準備しとけ！」て言うて回ってな。うちにも来たんや、目え血走っとって、おっかないなんてもんやなかったで。

でも儂も、どっかで日本男児として生きて虜囚の辱《はずかし》めを受けるくらいなら、自害すべきか思うてはおったんよ。結局、腹切る勇気なんかないんやけどもな。

そいで……、アメリカが来るゆう前の晩、いよいよ早まってもうたんか、ハルちゃんの親父さん、お袋さんと二人で子供たちを縛って家に火い点けたんや。一家心中よ。

夜中、親父とお袋が大騒ぎしとって、儂もたたき起こされて、近所の者、総出で消火しようとしたんやけど、なんせ、火の勢いが強すぎてな。儂が親と駆けつけたときは、ハルちゃんだけが家の外で保護されとってん。

何でもハルちゃんを縛ってた縄だけ、たまたまほつれとったらしくてな。必死に身をよじったら、切れて逃げられたんやて。そんときはもう、家ん中火が回っておって、両親も茂さんも、煙でよう見えんで、ただ誰のかわからん、うめき声だけがしたそうや。とにかく一度外に出て隣の家に助け求めたけど、どんどん火の勢いが強うなって、もう家には近づけんようになってもうたらしくてな。

当時は家も、家ん中の物《もん》も、燃えやすい木や紙でできた物《もん》ばっかやったからなあ。ハルちゃんが逃げ出せたんも、ほとんど奇跡みたいなもんて言われとったわ。

ああ、そうそう、新聞にも載ったんよ。家も人もみんな丸焦げんなってもうて、ハルちゃん一人だけが、生き残ったんや。

そいで、隣のT町に遠縁の親戚がいるとかで、ハルちゃん、そっちに引き取られることんなったんよ。

隣ゆうても田舎やからな、山を一つ越えた向こうよ。当時はバスもないから、行き来する機会ものうて。ああ、向こうの町で結婚したゆう話は聞いたっけな。そいから少しして、その旦那が死んで独りになったいうんもなあ。いや、人伝《ひとづて》にそない話聞いたゆうだけで、詳しくは知らんよ。

え？　ああ、〝うみうし様〟やっけ。バブルんとき、ハルちゃん、そんな神様のお告げで投資しとったんやろ。故郷の神様やて言うて。でもなあ、聞いたことないで、そないけったいな神様。うん。少なくともS村にはそない言い伝えないはずよ。

まあ村の浜にはな、ときどき死んだうみうしが上がることはあったで。上がるんはいつも同じ種類のうみうしでな、小さくて手の平くらい、大きいとこんくらい、四〇センチか五〇センチくらいかな。でっかいナメクジみたいなかたちしとって、全身かびとか苔が生えとるみたいな緑色でな。それでいてぬらぬら光っとって、まあとにかく気色悪いったらない見た目でなあ。その上、毒まで持っとるねん。

詳しいことはよう知らんけど、うみうしいうんは、身体ん中に毒溜め込むんが多いそうでな。猛毒ゆうほどやないけど、むやみに触ったりすると、手えかぶれたりするんでな、村の大人らは、浜でうみうしを見つけても触ったらあかんて注意しとったで。

儂ら男の子は、面白がって棒でつついてみたりしたけど、女の子はみんな、気色悪がってそんなことせんかった。でもハルちゃんだけは、どうしてかうみうしが好きみたいでな。

あれ、いつやったかな。戦争中やった思うけど、夕暮れ時に浜で、ハルちゃんと茂さん見かけてな。

近づいてったら、とびきりおっきなうみうしが打ち上げられとって、二人してそれ眺めておったんよ。

気色悪ないんかて尋ねたら、兄妹で口揃えて「きれいや」言うんよ。どこがきれいなんか訊いたらハルちゃん「ワガママそうなとこ」て。身体金ピカに光らせて、好き放題してる感じがええ、とてもきれいに見える、なんて言うてたわ。儂が「金ピカなもんか、気色悪い緑やんけ」て言うたら、茂さんが横から「よく見てみい、金ピカやないか」て。

そんときは何言っとるのかわからんかったけど、たぶん二人がおったとこからは夕陽があたって金色に見えたんやろうね。

ほれ、ハルちゃん、あとんなって金ピカの像をつくるやろ。〝うみうし様〟やて。あれ、ひょっとしたら、あんときのうみうしが基になっとるんやないかなて、思うんよな。やっぱハルちゃんが自分で拵《こしら》えた話違うんかな。

親戚んとこに引き取られてったあと、ハルちゃんと顔を合わせたことは一度もないよ。バブルの頃、雑誌で〝北浜の魔女〟て持ち上げられてるん知って、これ、あのハルちゃんやて驚いたっけなあ。その金ピカの〝うみうし様〟の像と一緒に写った写真が載ってたな。何となくやけど、子供ん頃の面影、あるような気いしたわ。

おままごとするとき、ハルちゃんいつもお金持ちのお嬢さんやっとったけど、ほんまに金持ちになったんやな。ええ具合に、好き勝手にやっとるんかなと思うたんやけどなあ……。

あんな事件を起こすなんてな。

それはわからんよ。事件のことは。殺されたゆう男にも会ったことすらないしなあ。テレビや雑誌でやっとったことの他は何も知らんよ。

あれよな、ハルちゃん本人は裁判で〝うみうし様〟への生け贄やったって言うたんやろ。でも、さすがにそれは、信じられんでしょ。あん頃の週刊誌は、精神鑑定で無罪になろう思うてむちゃくちゃ言うとるなんてよう書いてたけど……どうなんやろうな。だってハルちゃん上告せんと刑務所入ったんやろ。

何にせよ、あのハルちゃんが、詐欺やら人殺しやらしたなんて……、子供ん頃の様子知っとると、やっぱ信じられんわ。

3　宇佐原陽菜

ふふ、長々と私の話ばかりしてしまいましたね。

それで、私が刑務所で聞いたハルさんの身の上話ですね。

それによればハルさんの故郷は紀州、和歌山県の漁村とのことでした。

両親と三人のお兄さんとの六人家族。厳格だけれど頼もしいお父さん、不平不満を言わず家事をこなす凛としたお母さん、真面目な一番上のお兄さん誠《まこと》さん、優しい二番目のお兄さん武《たけし》さん、そして何かとハルさんの面倒をみてくれた賢くて逞しい一番下のお兄さん茂さん。

みなで肩を寄せ合い、貧しいながらも朗らかに暮らしていたそうです。ハルさんがうんと幼い頃は。

けれど戦争が始まって歯車が狂ってしまった。いや、もうハルさんが生まれた頃から日本は戦争へ突き進んでいましたから、歯車は最初から狂っていたのかもしれないとハルさんは言っていました。

とにかく日本とアメリカの戦争が始まり、上二人のお兄さんに立て続けに、赤紙というのですか、召集令状が来て戦地へ赴くことになり、家族みんなで万歳三唱して送り出したそうです。

それを聞いて私、やっぱり、そんなことがあったんだって、少し不思議な気持ちになりました。

もちろん知識として、昔、日本とアメリカが戦争をしたことは知っていたんですが、アメリカって外国というとまず思い浮かぶ国じゃないですか。安倍さんとトランプさんも仲がよかったみたいですし。私がいた教団、『メギドの民』もアメリカで生まれた宗教でしたし、街を歩けばアルファベットを見つけることはそんなに難しくありません。映画にしろ音楽にしろ私が俗世で触れた文化にもアメリカ発のものはたくさんありました。その国と戦争をしていたってことが、どこかピンとこないんです。

しかもその戦争は、初め日本が勝っていたんですよね。

けれど長引くにつれて戦況はどんどん悪くなって。アメリカの爆撃機が飛んできて街が空襲を受けるようにもなって。それまでも貧しかった生活はますます苦しくなっていったそうです。

やがて相次いでお兄さんたちの戦死の知らせも届きました。それはもう終戦の間際だったそうですが、当時の人々にはそんなことはわかりません。ハルさんのご両親は気丈に振る舞っていましたが、家の雰囲気は暗く淀んだものになったそうです。ちょうどその知らせが届いたあとから、お父さんが家族に暴力を振るうようになったんです。

主に標的になったのはお母さんで、ちょっとした箸の上げ下げや、言葉遣いにも難癖をつけられ、頻繁に殴られたり、蹴られたり、生傷が絶えなくなって。残った一番下のお兄さん茂さんと、当時一二歳になったばかりのハルさんも、躾と称して竹刀《しない》で背中を叩かれたり、土間の上で長時間正座をさせられたりしたといいます。

お母さんも、お兄さんも、そしてハルさんも、お父さんから暴力を受けるたびに「私が至らなくて申し訳ありません」と謝っていたんです。謝らないともっと酷い目に遭うというのもありますが、みんな本気で自分が悪いんだと、お父さんの暴力を受け入れ、耐えていたんだそうです。

これを聞いたとき、私、ハルさんもそんな経験をしていたんだって、驚きました。理不尽に暴力を受けているのに自分のせいだと思い込むって、まさに昔の私がそうでしたから。それから納得したんです。だから、私の話も受け止めてくれたんだって。

当時のハルさんにとって、いやハルさん以外の人々にとってもそうですが、希望は、日本の勝利でした。

戦争が長引くことで都会では食べものさえ手に入れづらくなっていました。村には食糧を求める人がたくさん街から流れてきたそうです。そこら中に行き倒れを見るようになりました。いつしか村にはいつも死体の饐《す》えた臭いが漂うようになったそうです。それでも、あと少しだけ我慢して、お国が戦争に勝てば報われる。お腹いっぱいご飯を食べて、戦勝国民として豊かな生活ができる。そうすればお父さんも、暴力や折檻をしなくなる――そう信じることだけが、希望だったといいます。

けれど日本は戦争に負けました。一九四五年八月一五日。敗戦を知ったハルさんは酷く惨めな気分になったそうです。じゃあ、これまで何のために我慢してきたの、と。

日本が戦争に負けたことで、ハルさんのお父さんはますますおかしくなりました。往来で日本刀を振り回して暴れるようになったりして、村でも恐れられるようになって。

その上、家の中ではもっと酷いことが行われるようになったんです……。その……、性暴力です。

それも一緒だったんです。私もかつて『メギドの民』で性暴力の被害に遭いましたから。いや、ハルさんの方が私よりもずっと酷い目に遭っていました。

私は性器をいじられるだけでした、もちろんこれだって本当は「だけ」なんて言えない、たぶんずっと忘れられない酷い経験です。けれどハルさんは、触れられるだけじゃなく、犯されたんです。お父さんに。そうです、実の父親に、一二歳で、です。ハルさんのお父さんは、彼女に初潮が来るのを見計らったかのように、襲ってきたんです。

お父さんは「子をつくらなあかん」と言ったそうです。お母さんは、もう子ができないようだから、代わりにハルさんが産め。強い子をたくさん産んで今度こそ戦争に勝つために――そんな理屈を口にして、お父さんはハルさんを襲ったんです。

しかも、お母さんは見て見ぬ振り……いや、それどころか「あんたが私の代わりになって」と言いました。そうすることが、家のためであり、お国のためなんだよと。

そしてハルさん自身もそれに耐えることが正しいことなんだと思い込み、受け入れました。

『メギドの民』がまさにそうでしたが、傍《はた》から見て狂っているとしか思えない恐ろしいことでも、閉じた集団の中で「常識」になってしまうことがあるんです。戦争に負けるまでの日本という国全体も、同じようなものだったんじゃないでしょうか。

お父さんの行為は乱暴で、ハルさんにとってはただただ苦痛でしかありませんでした。それでも耐えるのが自分の使命だと信じたのです。けれど、あるときハルさんは目を醒ましょう。

〝うみうし様〟と出会ったことで。

戦争が終わった翌月、ハルさんは、不思議な経験をしました。

村の浜辺で奇妙なお坊さんに会ったのです。海から上がってきたかのように全身びしょ濡れで、よく見ると袈裟《けさ》の隙間から見える肌は寒天のようにぬらぬらしていて、光の加減で金色に光っていました。深く被った編み笠の下にも、やはり寒天のような、金色ののっぺりした顔があったんです。その姿は浜に打ち上げられている、うみうしにそっくりだったといいます。

ええ。村の浜には夕暮れ時に、金色にてかるうみうしがよく打ち上げられたそうなんです。

とても人間とは思えませんでした。ハルさんは人魚だろうと思ったそうです。戦争が始まる前にお母さんが買ってくれて繰り返し読んだ『アンデルセン童話集』に出てくる人魚姫とは様子が違ったけれど、その遠い親戚にはうみうしの姿の人魚もいるに違いないと思ったんです。

するとお坊さんは、ハルさんの心を読み取ったように「そうだよ。私は人魚だよ」と言いました。

同時にこの国、日本《ひのもと》を守っていた神様の一柱《ひとり》でもあると言うんです。

見た目が人間とは思えなかったからでしょうか、このときハルさんは、すんなりと、そうなんだと、受け入れました。

そのお坊さん、否、神様が言うには、神様の世界と人間の世界はゆるやかに繋がっていて、国が滅ぶとき、その国の神様も滅んでしまうというんです。

このままではもう長くない、新しい依《よ》り代《しろ》になって欲しいと、神様は小さな包み紙をハルさんに渡しました。

開くと中には神様の肌と同じ質感の、金色にてかってぶよぶよした寒天みたいなものが入っていました。神様の肉です。それを食べることで依り代になる。つまりハルさんはその神様を身に宿すことができる。神様がずっとハルさんを守ってくれるというんです。

見ず知らずの人から差し出された、本当に食べものかどうかもわからない物です。けれどハルさんは疑いもしませんでした。

まるで操られているかのように、言われるまま、その肉を口にしました。

それはそれまでにハルさんが食べたことのあるどんなものよりも甘く美味しく、口の中が溶けるかと思ったそうです。

ハルさんが肉を飲み込むと、神様の身体はみるみる溶けて泡になり、海に流れて消えてしまったんです。

ハルさんは神様が自分の中に移ったのだと察しました。その証拠にすぐに頭の中で声が響いたそうです。「約束だ。私はおまえを助けるよ」と。

その神様は自分は所詮、戦争に負けた国の神で大した力は持っていないが、人を殺すくらいならできると言いました。「望みさえすれば、おまえを支配しているおまえの家族を殺してやるよ」と。

ハルさんは驚きました。自分が家族に支配されているとも、ましてその家族を殺すなんて考えたこともなかったからです。

神様は、続けて矢継ぎ早にハルさんに尋ねました。

「おまえは、あの父親の慰み物になりたくてなっているのか」「父親の子を産みたいのか」「おまえはそんなことのためにこの世に生まれてきたのか」

ハルさんが答えるより先に神様は答えを示しました。「違うだろう。おまえは本当は怒っているのではないか。あの父親に、家族に、こんなふうになってしまった世界に」と。

怒り。

このときハルさんは、自分が密かに抱いていた感情を自覚したんです。

そうです。ハルさんはずっとずっと怒っていたんです。

贅沢は敵だ我慢しろと命令し、挙句の果てに戦争に負けて悔しさと惨めさだけを植えつけていった国に対しても。

その国の負けを受け入れることができず、やり場を失った支配欲の矛先を家族に向け、あまつさえハルさんのことをおぞましい性欲のはけ口にした父親にも。

すべての理不尽を見て見ぬ振りをし、ハルさんのことを助けようともしない家族にも。

怒って、いたんです。

それでも葛藤はあったといいます。

お母さんもお兄さんも、お父さんでさえ、大切な家族でもあるんです。太平洋戦争が始まる前や、開戦してすぐの頃までは、仲睦まじく、ハルさんも家族が大好きだったんです。

でも、何もかもが変わってしまった。きっと元に戻ることはない。否、仮に昔の好きだった家族に戻ったとしても、起きてしまったことをなかったことにはできない。

こんな支配を受け入れてはいけない。赦すことはできない――ハルさんは決意し、願いました。

〝うみうし様〟、お願いします。家族を殺してください――、と。

ハルさんは、自分の中に宿ったその神様を〝うみうし様〟と呼びました。ごく自然にずっと昔からその名前を知っていたかのように。

するとその翌日の夜、家が火事になったんです。ハルさん以外の家族はみな何故か動けなくなっていて、ハルさんだけが一人逃げ出せました。

家と家族を焼く炎を見つめるハルさんの頭に、内なる神様、〝うみうし様〟の声が響きました。「もしもこの先、またおまえが誰かに殺したいほどの怒りを覚えることがあれば、私が代わりに殺してやるよ」と。

実はこのときハルさんはまだ怒っていました。しかし、その対象は誰か特定の人ではありませんでした。

頼んだわけでもないのに、やがて戦争に負ける国の貧しい村にハルさんを生み落とし、過酷な運命を押しつけてくるこの世界そのものに怒っていたんです。

そしてハルさんは復讐を誓ったんです。

世界に。

ハルさんは、自分を生んだこの世界に復讐すると誓ったんです。

私、これを聞いて感動してしまいました。もしも『メギドの民』ならば、どんな過酷な運命であっても神の与えた試練だと思考停止して、すべてを受け入れようとするはずですから。『メギドの民』にとって世界はすなわち神様そのものです。逆らったり、まして復讐するなんてあり得ないんです。

でも、ハルさんは違いました。

ハルさんが考えた世界への復讐法は、誰にも何にも縛られず、自由に生きることでした。

ワガママ――という言い回しをハルさんは好んで使っていました。

何も我慢せず、運命にも世界にも抗い、ワガママにやりたいことをやって生きていく。それが世界への復讐であり、この怒りを静める唯一の方法だと、ハルさんは思ったんです。

それにしても不思議な話です。

私はハルさんがしてくれた話のすべてが真実とは思っていません。というか……、すべての人と完全に共有できる〝真実〟なんて、この世にないんじゃないでしょうか。

私はそれを身を以て知っています。『メギドの民』のキャンプにいたとき、彼と駆け落ちして俗世で暮らしていたとき、刑務所でハルさんの話を聞いていたとき、そして刑務所から出てきた今――、そのときどきで見える世界はまったく違います。

かつての私にとっての真実だったことが今の私にはまやかしになっているんです。私という一人の人間の中でさえそうなんですから、他人同士で真実を共有するだなんて、きっと不可能なのだと思います。

ハルさんが刑務所で私に語ったことは、あの場あのときのハルさんにとっての真実だったんでしょう。

それは私のような他人からすれば、話が盛られていたり、まるっきりの嘘だったり、あるいは何か重要なことが伏せられている、と思える部分も多くあるんじゃないでしょうか。

実際のところ、ハルさんの故郷には〝うみうし様〟なんて神様の言い伝えはないそうですね。でも福井県をはじめ日本の各地に、〝うみうし様〟とよく似た伝承が存在します。八百比丘尼《やおびくに》というんですか。人魚の肉をもらった女が不老長寿になるという話です。ハルさんは不老長寿になったわけではないですが、似てはいます。

もしかしたら、お坊さんの姿をした〝うみうし様〟から肉をもらったという部分は、ハルさんの創作だったのかなとも思います。どこかで知った八百比丘尼の話を基にしたつくり話なのかもしれません。

けれど私は〝うみうし様〟自体は本当にいて、ハルさんはその力を借りていたんだと思っています。そうでなければ説明できないことが、このあとのハルさんの人生にはたくさん起こるんですから。

4　高《たか》田《だ》峰《みね》子《こ》

いやあもうねえ、何もせんでも膝が痛《いと》うて痛うて。ほんま、歳はとりとうないわ。

ああ、ごめんな、そんな恐縮せんで。うちも外出るんは好きやからね。でも来るときな、地下鉄で変な人らに会ってもうたけどね。

そういうのやなくてね、段ボールでつくったプラカード持った爺さん婆さんの集団やわ。〈東京オリンピック中止しろ〉とか書いてあったかな。デモやっとる、左巻きの連中よね。きっと官邸前でも行くん違うかな。

アホや思うわ。オリンピックなんて、わざわざ反対せんでも中止になるんと違う？ねえ。せやけど、やれるんなら、そらやった方がええでしょ。ウイルスに勝った証しやってね。結局なるようにしかならんのよ。ほっときゃええの。特にうちらみたいな年寄りはね。

老後に他の楽しみないんかねえ。そりゃうちかて今の政府なんて信用はしとらんよ。でもあんなデモなんてしても何ともならんでしょう。しかもまた感染増えとるのに集ってほんま、アホよね。まさにあれよ、不要不急。

ああいう連中見ると、嫌なこと思い出してムカムカするんよね。

はいはい。ごめん、ごめん。そうやね、おハルさんよね。今日はその話するんやったね。

あれ、もうかれこれ三〇年くらい前やっけ？　例の事件が起きたときも、うちんとこ、話聞きたいゆうて記者さんやら何やらがよう来たんよね。ちょっと答えたこともあるんやけど、品のない記事にされてもうてなあ。辟易したわ。おハルさんにも悪い気したしな。

そいで懲りたんやけどね。まあもう当のおハルさんも亡くなってもうたそうやし、うちの思い出話でええなら、話そう思うんよ。

うん。そう、うちの田舎は和歌山のTゆうとこよ。おハルさんの生まれたS村から山一つ越えたとこのな。

戦争終わってすぐ、おハルさんのこと引き取ることとんなってね。そうそう、おハルさんのお父ちゃんがとち狂って、一家心中しおってね、おハルさんだけ生き残ったんよね。そんときまだうちは小さかったから、そんな事情聞かされんかったけどね。ああ、うちは戦争終わったとき、六つよ。おハルさんは一二とかそんくらいよね。

「このお姉ちゃんが、今日から一緒に住むで」て、お父ちゃんが連れて来てん。

たしか、うちのお父ちゃんが、おハルさんのお母さんの従兄《いとこ》にあたるんやったっけね。そんな縁で、一緒に暮らすことになったんやわ。

家《うち》は、うちが真ん中で上にお兄ちゃん二人、下に弟と妹一人ずつの五人きょうだいよ。お父ちゃん「五人が六人になるんも同じや」言うてたけどね、楽やなかった思うよ。まあ、人がええのよね。

家業は農家よ。イモ農家。昔はスイカつくっとったそうやけど、戦争中の食糧増産でサツマイモやるようになってん。戦後もそのままイモづくり続けてたの。

おハルさん、ゆうたら居候やからね、来てすぐ毎日働かされとったわ。炊事洗濯に、まだ小さかった弟と妹の世話やら、家のことから、もちろん畑仕事もね。そうよねえ。あん頃は、女も子供もみんな働かな食うていけんかったからね。

でもおハルさん、まあ文句の一つも言わず、よう働いたわ。身体丈夫で、風邪も引かんし、愛想もええでしょう。お父ちゃんも、お兄ちゃんらも「ハルちゃん来てくれて助かる」言うてたわよ。うちもね、おハルさんによう学校の勉強や宿題見てもろうたりして、懐くようになったわ。

ただ、一年、二年て暮らしてくうちに、だんだん、お母ちゃんが、おハルさんにきつうなったかな。

おハルさん、あん頃の子供にしては発育ええ方でね、ちょっと大人びたとこもあってん。うちに来たときはもう、月のもん始まってたようやしね。うち、小さい頃はお母ちゃんとそんな違わん大人みたいに思うてたんよ。それでいて、女の子らしい可愛らしさもあって、なんせ人懐っこいの。いつもにこにこして人の話聞いとるようなとこがあってね。うん。言うたらな、男の人が好きになりそうなタイプやねん。目の醒めるような美少女ゆうわけやないんやけどね。親しみやすくて、ほら、最近の言葉で言うたら、癒し系ゆうやつね。あれよ。

実際、町の男の人でおハルさんに懸想する人、ようけおったんよね。うちのお兄ちゃんやお父ちゃんも、何かってゆうと、ハルちゃん、ハルちゃんてね。おハルさん構ってばかりで。

あとんなって水商売で成功するんやけど、その才能、もうあん頃から開花させとったんよね。

お母ちゃんには、それが面白くなかったみたいやね。「あん子は、いろんな男に色目使う」て言うとったわ。

実際ね、そういう節もあったようやしね。うん。おハルさん、年頃んなるといろんな男の人と付き合《お》うてたわ。男の人と二人でおるの何度か見たことあるもん。毎回違う人とね。

そいでね、たしかあれはうちが中学に上がった年やから……えっと昭和二六年、一九五一年やね、おハルさん、庄屋さんとこの息子さんと結婚してん。おハルさんはまだ二十歳《はたち》前で、たしか一八くらいやなかったたっけねえ。

あ、庄屋て名字やなくて、昔、庄屋やった家でね。みんなそう呼んどったの。持ってた土地にアパート建ててね。まあ資産家て言えなくもないけど、田舎の小金持ちってくらいのもんよ。

そいでもおハルさん、玉の輿《こし》乗りおったたって言われとったね。

その庄屋の息子さんゆうのは、まあ、いかにも田舎のボンボンゆう感じの何かにつけて偉そうな人でね。面倒見がよくて頼りがいあるゆう評判と、気分屋で自分勝手やて評判、両方あったんよね。うちはあんま好きやなかったんよ。まあ潰れた饅頭《まんじゅう》みたいな顔してて、それが好みやなかったゆうのが大きかったかしれんけど。

ふふ、うちも年頃になってな、そない惚れた腫れたの話に興味が出てきた頃でね。あんときのうちからしたら、おハルさんやったら、もっとええ人と一緒になれるんやないかって思えたんよ。そいでね、訊いたの。どうしてあの人と結婚すんの、て。

そしたらね、おハルさん「そらお金持ちやからよ」て。自分のこと好いてくれとる人ん中で、一番ええ生活させてくれそうな人、選んだ言うんよ。いさぎええよね。「あの人、優しくて、うちをお姫様みたいに扱ってくれる。うちあの人のためにええ奥さんなる」なんて言うててね。

Tみたいな田舎の町やとほとんどの家が農家やってんけど、おハルさんの旦那さんは、なんや大きな会社に働きに出ておってね。あん頃からねえ、そういう家がぽつぽつ増えたんよね。ああ、そうそう、結婚したとき、家も日本家屋から洋風の住まいに建て替えてたわ。いわゆる戦後の暮らしじゅうやつよね。

もしあの婚家で子宝に恵まれて、旦那さんもずっと元気やったら、おハルさんの人生も全然違ったもんになってたかもねえ。それからうちもね。

おハルさん、なかなか子ぉができんでね。結婚したあとも、ときどき、うちに遊び来ることあったんやけど、気に病んでるふうやったわ。当時は不妊治療なんてもんもなかったけど、生姜湯《しょうがとう》がええらしいとか、ドクダミ煎じて飲むとええとか、なんや授かりやすくなる食べもんよう食べてたの。

でも結局、赤ちゃんできるより前に、旦那さん、死んでもうたのよ。あっけなくね。夏の夜、飲んで一人で帰るときに、大雨のあとで増水しとった川に落ちたらしゅうてね。溺れ死んだそうやわ。

そいでおハルさん、警察から取り調べ受けとったわ。

何でもね、滑って落ちた事故なんか、誰かに突き落とされたんか、わからん状況やったみたいでね。

可哀相やったわ。お嫁さんゆうのは、こういうとき疑われるんよね。

お葬式のときなんかずっと泣いとったもの。その上、疑われるなんてなあ。

でもアリバイゆうの？　ちょうど旦那が死んだ時間、婚家で姑たちと一緒におったんがはっきりしてね。他にも怪しい証拠は何も出てこんと、結局、事故ってことで片がついたんよね。

そんあと、おハルさん一旦、家《うち》に戻ってきたんよ。

実は、うちの一番上のお兄ちゃん、何ならおハルさんのことももらってもええなんて言うてて、その気やったんやけどね。お父ちゃんは賛成で、お母ちゃんは反対しとったね。

まあでも、そもそもおハルさんにそんな気なかったんよ。

お兄ちゃんが「ハルちゃん、このあとどうする気や」て訊いたら、「うち大阪行きます。女手ひとつでやってくなら、都会の方がええでしょう。実はもう住む場所も働くお店も見繕ってます」て。もうおハルさんとっくに、身の振り方決めとったんよ。

お兄ちゃん、あてが外れてぽかんとしてん。おかしかったわ。逆にお母ちゃんは嬉しそうに「それがええよ、あんたみたいな子は、都会の方が水が合うやろ」言うてたわ。

うち、それ横目で見て、ええなあて思うてね。うちも都会、行きたいて。

こんときうちは一七やったっけね。あんな田舎じゃ、女は高校も行かせてもらえんで、中学出てからはずっと家の仕事手伝わされとったの。そろそろ年頃やから見合いの相手、探さんといかんて、お父ちゃんとお母ちゃん、あちこち声かけてん。それが当たり前やったんよ。できるだけええ家嫁いで、子供たくさん産んで、その家守るんが、女の幸せで務めやって。おハルさんかて一度はその道進んだしな。

だからね、うちもそう遠くないうちに、よう知らん人と見合いして結婚するんやろうて思うてたの。でも、ほんまは都会に行きたかってん。

戦争終わってからもう一〇年くらい経っとって。特需があってね。そうそう、朝鮮特需よ。朝鮮《むこう》で戦争やっとったお陰でアメリカさんから、すぐ近くの日本の企業にようけ仕事が回ってきたそうでね。

あん頃のうちは、そんな詳しいことはよう知らんかったけど、都会の方で景気よくなっとるらしいのは、わかんのよ。ラジオやら、ときどきお父ちゃんやお母ちゃんが買《こ》うてくる雑誌でね。

ガチャマン景気でお座敷が大賑わいやとか書いとるからね。ガチャマンゆうんは、機織り機をガチャンと動かせば、万のお金が入ってくるゆうことらしいのよ。特に麻袋やら軍服やら、繊維製品の受注が多いもんやから、そう呼ばれとったたって。

朝鮮戦争終わってからもずっと朝鮮《むこう》は物不足で、日本《こっち》は好景気が続いたんよねえ。そっから、あれよ、高度経済成長ゆうやつが始まったんよね。

まあ、ほんまは、喜んでええかようわからん話なんよね。よそ様の戦争で景気がようなるなんて。ちょっと前まで、日本自体が戦争でむちゃくちゃになっとったし、しかも朝鮮てあんときさんざん迷惑かけた相手でしょう。

けど、当時のうちからしたら、それこそ、知らんのよ、そんなこと。

うちは単純に婦人雑誌に出とるお化粧やら髪型やらの記事眺めて、憧れてたの。それが豊かになるゆうことかもしらんけど、こん頃になるとね、日本の女ん中にも、おしゃれに気ぃ遣う人が増えてってね。化粧品なんかも、口紅やらファンデーションやら新しい物《もん》がどんどん出てきて、それを紹介する雑誌のモデルさんがまた、可愛らしい洋服着とるのよ。ひらひらのついたブラウスに、水玉模様のスカートとかね。

でも、雑誌から目を離すと、土とイモばかりの茶色い田舎の景色があるの。雑誌に載っとる物《もん》なんて、町の商店にはほとんどないしな。どこの家の女もみんな、毎日、化粧もせんと土にまみれて働いとって、三〇過ぎたらすっかりお婆さんみたくなっちゃうんよ。

あん頃、まだ五〇くらいやったうちのお母ちゃんなんて、今やったら七〇とか八〇くらいに見えるほど老け込んでたわ。

この村で結婚して、うちもこうなるんかて思うとね、たまらん気持ちになるんよ。バス乗り継げば一日で行ける都会には、雑誌ん中みたいなキラキラした世界があるかもしれんゆうのに。

近いのに遠い。雑誌ん中にあるんはうちには縁のない世界や――そう思うてたんよね。

でもね、おハルさん、言うてくれたんよ。「ミネちゃんも、一緒に大阪行くか」て。「あんたも、都会に出てみたいんやない？　だったら一緒に行こうや」て、誘ってくれてん。

おハルさんが働くことんなったお店で若い女の子、もう一人、雇えるゆうことでね。寮があるから、住むとこの心配ものうて。もしうちにその気があるなら、紹介してくれる言うのよ。

でもうち尻込みしてもうてね。「お父ちゃんと、お母ちゃんがお見合いの相手探してくれとるから」とか「うちみたいな学のない女子《おなご》が、都会でやってけるかわからん」とか言うたんよね。そしたらおハルさん、珍しく真剣な顔してな、「ミネちゃん、あんたはどうしたいの？　ほんまにお嫁に行きたいの？」て。

おハルさん、自分でいっぺんしてみてわかったけど、結婚なんてつまらんもん、言うてたわ。旦那や婚家にお金があっても、結局、嫁は縛られるんやて。お姫様みたいにちやほやされるんも最初だけ。子ぉ産めんかったら惨めな思いするし、好きなことも全然できへん。自分の人生他人に預けるようなもんやて。

おハルさん、ずっと後悔しとったって、言うてたわ。

ほんまに自分のやりたいようにやるなら、お姫様じゃあかんの。自分でお金稼がんとあかんのよ、て。

うち、こんとき初めて、おハルさんが結婚を後悔しとったって知ったんよ。旦那さんのお葬式のとき、とても悲しそうにしとったけど、それはそれなんやろうね。むしろ相手を好いた方が厄介になるんかもしれんな。

おハルさんの言葉には不思議と説得力あってね。うちも今お嫁に行ったら後悔するかもしれんて。でも、おハルさんが言う「自分で稼ぐ」なんてこと、これまで考えたこともなかったでしょう。そんなんできるんかなて。

もじもじするうちにおハルさん、「あんた、都会行って、いつも読んどる婦人雑誌に載っとるような、キラキラした生活したいんやないの?」て。

ほんまにお嫁に行きたいなら、行ったらええ。でも、行きたないのに、行くことない。女子《おなご》やからて遠慮することもない。「やらん理由自分で考えんと、もっとワガママに好きなことしたらええんよ」て、言うてくれたんよ。

そうよ、たしかにうちはお嫁行くんやなくて都会で雑誌で見たような暮らししたかったの。おハルさん、うちよりも、うちの気持ちようわかってたんよね。

そいでね、うち「行きたい。一緒に連れてって」て、お願いしたんよ。

そしたらおハルさん、一緒にお父ちゃんとお母ちゃん、説得してくれてん。けど、二人ともそんなに反対せんで、拍子抜けしたわ。

お母ちゃんなんか、絶対許してくれんと思うてたのに「都会の方が、ええ旦那さん見つかるかもな」て。うち、別に結婚相手探しに行くつもりやなかったけどね。

　きっとお父ちゃんやお母ちゃんも、わかってたんかもね。もう若い者《もん》はどんどん都会に出てく時代やて。ふふ。まあ、うちは上にも下にもきょうだいようけおったさけ、ほんまは、どんな形でもええから女手はなるべく外に出したい思うてたんやろうけどね。

もちろん、そんなことよう言わんけど。

うん。そいでね、うち、おハルさんと一緒に上阪して、ミナミにあった『さくら』って、すき焼き屋さんで働くことになってね。

まあ、すき焼き屋ゆうても、女中が鍋をつくりながらお客さんを接待するんよ。一緒にお酒飲んだりもして。お客さんは気に入った女中がいたら指名もできるようになっとるの。常連になるような人はみんな、贔屓《ひいき》の女中がおってねえ。肝心のすき焼きよりその女中目当てで通い詰めるんやわ。お客さん同士で、女中の取り合いなんかもあってん。

せやねえ、だから女中ゆうても正味のとこホステスなんよ。料亭とナイトクラブを合わせたようなもんやろかねえ。要するに水商売やったの。

うちもおハルさんも、そのホステスみたいな女中やることになってん。四捨五入して二十歳《はたち》ならええやろて、まあ、あん頃はまだいろいろ決まりも緩くてねえ。お酒も飲まされたわ。

住まいはお店の寮……ってゆうてもボロアパートなんやけどね。四畳半一間の狭い部屋で、うちとおハルさんとしばらく二人で暮らしたわ。

実際、行ってみた大阪は、雑誌読んで想像したキラキラしとるとこと違《ちご》うてな。もっとこう、生臭いゆうかな。いつもお酒とゲロの臭いがしてて、どぎついネオンが光っとるギラギラした街やったわ。

仕事もね、お店の番頭さんは「踊らんでもええし、歌わんでもええ芸子さんや、楽なもんやろ」なんて言うてたけど、楽なもんかいな。酔客ん中にはそりゃ質《たち》の悪いのもいっぱいおったからねえ。相手すんの大変やったわ。

でも、楽しかったんよ。特に最初の頃はね。毎日、新しいことが起きてな。ガスコロに火いつけただけで、おハルさんと大はしゃぎよ。ちょうどね、うちらが上阪したとき新世界で通天閣つくっててね。あれ二代目なんよね。最初のは戦争中に火事で焼けてもうてんな。

何でかな、日に日に出来上がってく塔を眺めながら、街、歩いてるだけでええ気分になれたんよ。雑誌で見た化粧品、買ったときなんかも、ほんま嬉しくてねえ。お店にくるお客さんの話も、知らんことばかりで新鮮やった。お酒も、ご飯も美味しくて……。おハルさんが一緒におったのも、おっきかったんやろうねえ。知らん土地でも気心知れた人が一人いるだけで安心できるもんなんよね。

それとおハルさん、やっぱ才能あったんやろうね。水商売の、ゆうか人に好かれる才能やね。すぐ人気になったんよ。どこぞの企業の社長さんやら、どこぞの市の議員さんやら、太《ふっと》いお客さん何人も摑んで、あっという間に稼ぎ頭になったわ。ようけチップもろて、うちに美味しいもんご馳走してくれたりしたんよ。

番頭さんにも気に入られてな。おハルさん、働き始めて二年目には、もう班長になってん。ああ、班長ゆうんは女中のまとめ役よ。『さくら』には全部で一〇〇人以上の女中がおったんやけど、それを二〇人か三〇人くらいずつでまとめて班をつくっとってね。班長が、どのお座敷にどの子をつけるか決めるんよ。せやから、班長になると自分でお客選べるようになるねん。おハルさんその特権上手《うも》う使《つこ》うて、ますますええお客さん摑むようになってってな。

当時二〇代でおハルさん、女としても盛りを迎えとったでね。かなりのお客さんを夢中にさせとったわ。そのうち特にええお客さんとは、個人的にお付き合いしてお手当もらうようになってってね。そうよ、愛人稼業よ。パトロンゆうてもええかな。そん中でも一番太いパトロンやったのが瀬川《せがわ》さんよ。

瀬川グループの会長やった、瀬川兵衛《ひょうえ》さんな。ほら、事件のあとで週刊誌に「かつて関西財界の大物の愛人だった」みたいなこと書かれとったでしょう。あれ、瀬川さんのことよ。

最初に瀬川さんがお店に来たんは……、ちょうどおハルさんが『さくら』で班長になった頃やったっけね。

あんときは瀬川さんもグループの会長やなくて、瀬川物産かなんかの社長やったんやなかったっけ。まあ、それにしたって、大物よね。おハルさんを一目で気に入ったようで、店に通い詰めるようなって、いつの間にか付き合うようなったん。

でもおハルさん、さすがよねえ。

当時はまだ特需の影響ゆうか恩恵でお店は繁盛しとって、大阪財界の重鎮いわれるような人らがよう来てたんやけどねえ、のちのち瀬川グループの会長になったわけやから、瀬川さんはそん中でも飛び抜けて大物やったわけよね。それをきっちりものにしたんやから。

ああ、別に最初から瀬川さんが会長になれるって決まってたわけやないそうよ。グループは親族経営やけど、分家やご兄弟も多くて、なんや一族の中でも争いがあるそうでね。

そこを瀬川さん、おハルさんと付き合い始めてから、とんとんと出世してグループの会長まで昇りつめたんやて。ねえ、おハルさん、先見の明があるゆうか、大したあげまんよ。

はは、そら瀬川さんには奥さんおったよ。そうやねえ、不倫ゆうたら不倫やね。そもそも『さくら』は、女遊びする人のためのお店やからね。うちかて妻子持ちのお客さんと付き合《お》うたことあるけど、誰にも言わんと秘密にしてたわ。他の女中の子らも、そうやったよ。

そいでもね、長く付き合《お》うとると、自分から言わんでも何となく周りにはわかるもんやからねえ。公然の秘密になるもんなんよ。おハルさんと瀬川さんもせやったわ。ただ相手が瀬川さんくらいの大物やと、藪蛇になってもおっかないんで、なかなか周りも訊いたり確かめたりはせえへんから、詳しいところは誰も知らんのやけどねえ。

あ、ああ、そや。誰も知らんことと言えば……。

うん。おハルさんね、一度、長《なご》うお店を休んだことがあるんよ。半年ちょっとやったかなあ。番頭さんは実家のお父ちゃんが具合悪うなって、面倒みとる言うとったんやけど、おハルさんのお父ちゃん死んどるやんな。番頭さんに本当は何があったんですかて訊いても「他人《ひと》ん家《ち》の事情に首突っ込むな」言われて、何も教えてくれんかったんよ。

そいで半年以上してからおハルさん、けろっとしてお店に戻ってきてね。「何してましたん」て訊いてみても「まあ、ええやない」ってはぐらかされるばかりやったの。

ただ、おハルさんがお休みしてる間、瀬川さんはお店に来んかったし、戻ったらまた来るようなって、ひょっとして瀬川さんがらみで何かあったんかなとは思うたのよね。当時おった古株の女中で、おハルさん子ぉ産んだんやないかって言うとる人もいたんよ。証拠もなんもない、その人の勘なんやけど、雰囲気で子ぉ産んだばっかやってわかるてね。せやからね、瀬川さんの子、産んだんかなって。そない噂する人もおったんよ。もちろん、そんなん確かめられへんけどもねえ。

時期？　ええっとあれは……。オリンピックよりは前よ。一度目の東京オリンピックな。ああ、せやね、テレビのカラー放送が始まった時分やわ。あれって何年？　一九六〇年？　池田さんが総理大臣で、所得倍増や言うた頃な。うん、そう、その頃よ。ちょうど休んでたおハルさんが店戻ってきたくらいから、街ゆうか世間の雰囲気がまた変わってったんよね。

所得倍増ゆうとおりでね、何も特別じゃない勤め人や、商店のご主人の中にも、羽振りええ人が増えてん。カラーテレビはまだ高級品やったけど、白黒やったら結構みんな持つようなって。あと車やわ。街にどんどん車が増えてくの。空気がごみごみしてくのがようわかったわ。

でもお店の方はだんだん調子が悪うなってね、もう特需も終わってしもたし、『さくら』みたいな料亭なんかクラブなんかようわからん中途半端なすき焼き屋自体、流行《はや》らんようなってきてんよ。

大阪にも正統派ゆうか、ちゃんとしたすき焼き屋が増えてきて、本当にすき焼きが食べたい人はそっち行くし、夜遊びしたい人は、ナイトクラブ行くようなったんよね。うちらが『さくら』で働きはじめた頃は、週末は半年先まで予約が埋まっとったんやけど、いつん間にか満席になる日の方が珍しくなってきてねえ。餅代や氷代も安うなってって。餅代氷代は、あれよ、ボーナスよ。今はもうそない言い方せんようになったわな。

ともあれね、そんな時期におハルさん、独立することんなったんよ。

これは年もはっきり覚えとるよ。昭和三九年。一九六四年や。オリンピックの年やからね。料亭を始めるゆうて、おハルさん、お店辞めることなったんやわ。

せや、それで開店したのが『春川』なんよ。千日前の。

最初はビルやなくて、旅館かなんかやった建て物《もん》を居抜きで買い取ってそのままお店にしたんよ。それにしたって結構な買い物《もん》よねえ。初期投資ゆうの？　お店始めるには、他にもえらいお金かかるんでしょう。おハルさん、コツコツお金貯めた言うとったけど、まあ、パトロンの瀬川さんが出したんやと思うわ。

そいでおハルさん、『さくら』の人を何人か引き抜いたんよ。ええ、うちもよ。そもそもうちは、おハルさんについて大阪きたんやしね。

女中だけやなくて『さくら』で一番腕がええ言われてた板前の白木《しらき》さんて人までね。白木さんゆうのは、うちらと同じ時期に『さくら』に雇われた人でね。まあ同期みたいなもんやね。最初は物覚えが悪いて、よう怒られてたんよ。お肉、生焼けのまま出してもうたり、買い出し行っても、目利きゆうの？ 新鮮な肉や魚、見分けんのがなかなか上手くでけんようでね、板長さんによう給料泥棒やて叱られとったわ。それが、一年、二年て修業するうちに、めきめき腕上げてな、いつの間にか店一番の板前言われるようになったんよ。

厨房《ちゅうぼう》で一人で練習してるのよう見たからね。こつこつ努力したんやろうね。おハルさん、白木さんの評価が上がると嬉しそうにね「あの人は、見込みあるて思うてたんよ」なんて言うてたわ。

え？ ああ、それはどうやろうね。特別な関係って、男女の仲ってことよね？ 白木さんとは、そういう感じではなかったと思うけどね。店から引き抜くくらいやから、仲は悪くなかったけどね。

そりゃ雰囲気よ、雰囲気が違ったの。パトロンの男たちと接しているときみたいな、色目ゆうのかしらね、白木さんとおるときのおハルさんからは感じんかったのよ。でも、あんたらできてるの、なんて、面と向かって訊いたりせんからねえ、本当のとこはわからんけどね。

ともあれよ、当時はもうおハルさん『さくら』では班長より上の女中頭んなってたの。そないな人が店の女中と一番の板前、引き抜いて独立するゆうんやから、おだやかやなかったと思うよ。ただ、どうも『さくら』のオーナーも潮時や思うとったようでねえ、わりかしすんなり、話はついたらしいんよね。まあ、瀬川さんが間に入っていくらか払ったのかもしらんけど。うちら引き抜かれた女中も、引き留められはせんかったの。

こうしておハルさん、自分のお店『春川』を開いたんよ。

ああ、そう。そうやったわ。おハルさん、こんとき、特注で金ピカの〝うみうし様〟の像つくって、お店の神棚に飾ってん。

バブルんとき、ビルんなった『春川』がようマスコミで取りあげられとったよね。ペントハウスに神棚があるて。あれと同じもんよ。開店当時は、店の二階の客間にあったんよ。

「それなんですの？」て訊いたら「〝うみうし様〟や。うちの守り神様なんよ」て。

うちが〝うみうし様〟のこと聞いたんは、こんときが初めてでね。うん、そないな神様の話は実家のあたりじゃ聞いたことないし。

おハルさんは、生まれ故郷のS村の海に棲んどった神様や言うてたけど、ほら、あの事件のとき、いろいろマスコミが調べたらS村にもそんな言い伝えないんでしょう。何なんやろね。おハルさんが自分で考えた神様やったんかしらねえ。

まあ何であれ、像の形は、そのまま、うみうしやからね。おハルさん、純金なんよって、自慢気に言っとったけど、正直、うちはちょっと気色悪かったわ。でも、お客さんにはウケてたんよね。

うん、『春川』開いてからは、お客さんにもときどき〝うみうし様〟の話しとったの。ほら通天閣にも金ピカのビリケンさんみたいな、ようわからん幸運の神様おるでしょう。土地柄なんかな。そういう話、好きな人多いんよね。験担《げんかつ》ぎやゆうておハルさんと一緒に神棚に手ぇ合わせるお客さんもいたわ。

瀬川さんもそうやった。ああ、そうよ、瀬川さんとおハルさんもずっと続いとって『春川』にはちょくちょく来とったのよ。うちがいた頃はね。

うちはね、『春川』は三年くらいで辞めてん。以来、おハルさんとも、一度も会っとらんの。せやから、そっからあとのことはよう知らんのよ。

ああ、うちが辞めた理由はねえ……。時代のせいにしたいとこやけど、うちがアホやったんよね。

『春川』がオープンした年、せやから東京オリンピックの年な、たしかおハルさん、三〇歳くらいで、うちは二五、六やったっけな。上阪して九年目、もうすぐ一〇年て頃よ。うちおハルさんには感謝しとったのよ。田舎から連れ出してくれて。都会でいろんな経験させてもろた。恋もしたし、お酒や煙草の味も覚えた。ええことばっかかやなかったけど、むしゃくしゃしたとき、貯金全部はたいて好きな服買うたんもええ思い出よ。うちは都会出てきて青春ゆうもんを謳歌できた思うてる。おハルさんおらんで、田舎で結婚しとったらと思うたらぞっとするわ。ふふ、こんな言うたら、田舎で農家の嫁《こ》んなった妹に悪いけどね。

でもね、ずっと一緒におってわかったんよね。うちはおハルさんみたいにはなれんて。おハルさん、うちと上阪してきたとき電車ん中でな「大阪ではずっと誰かの下で働くんやなしに、いつか自分のお店なり会社を持ちたいわ。一国一城の主《あるじ》になるんや」て言うてたの。うちなんや可笑《おか》しくて「それ男の言うことやない」て言うたらね、「やりたいことやんのに男とか女とか関係ないわ」て。

ほんまやった。おハルさん、一〇年足らずでほんまに自分の店持ったんよ。一国一城の主になったの。

もちろん、適当にやっとってできることやないよ。おハルさん、一度会ったお客さんのことは絶対忘れんし、一人一人の情報、帳面にまとめて、そら、まめに営業しとったんよ。パトロンつくって貢がせるんやって、誰にでもできることやない。まして瀬川さんみたいな特別な人を虜にすんのなんて、やっぱ特別な人にしかできんことなの。

うち、だんだん、そんなおハルさんを眩しすぎるて思うようになってな。どうしても、比べてしまうんよ。

言うたようにな、うち都会でそれなりに楽しい青春送っとったつもりではいたんよ。でも、おハルさんみたいに、店持ちたいとか、そういうおっきな目標みたいなもん何もなくて。自分は結局、何者にもなれんような気がしてしもうてね。田舎に戻りたいわけでもないのに、何のために大阪おるんかわからんような気になって……。

そんなうちを置き去りにするみたいに、大阪じゃ東京のオリンピックが終わったから、次はいよいよこっちの万博やて、街も活気づいて……。こう、いけいけどんどんで、世の中、変わってくの肌で感じとると、なんや不安になってもうてね。こういうの、わかる？　ほんま、わかってくれる？

うん、そう。うちも歳だけは毎年とってて、三〇歳が近づいてきてん。でもやっぱりうちは何者でもなくて。何かに取り残されるような気分ゆうかな。おハルさんと一緒におると、特にそれを強う感じるようになってん。

そういうとこにね、つけ込まれたんよ……、革命家に。

はは、違ったわ。革命家気取りのクズ男な。

うちと同い年で、もう三〇近いのにまともに働かんと、いろんな大学入り浸って学生相手に偉そうにしとるアカの男。あの頃は、そうゆうのがようけいてたんよね。オリンピックが終わったあとあたりからな、学生運動がまた盛り上がってきてな。七〇年に期限が切れる日米安保延長さすなとか、成田の三里塚に空港つくらすなとかな。経済的に豊かになってきたけど、その分、いろんな矛盾がよう目についてきたんよね。日本だけやのうてアメリカとかでも、ベトナム反戦運動と一緒にヒッピーやらウーマンリブやらが盛り上がっててん。

世の中があかんようになるんは、資本主義があかんからやって、若い人らが革命ごっこ始めたんよ。世界中でな。まだソ連も元気で、北朝鮮がこの世の楽園やて本気で信じとる人がようけいた時代よ。

『さくら』と違って『春川』に寮はなくて、うち独り暮らしするようになっとってね。うちが住んだんは、吹田《すいた》の学生街でな。フォーク喫茶がようけあってん。せっかく近所にあるんやからて、何となしに入ってみたら案外居心地よくてね。そんとき、たまたまサイモンとガーファンクルのレコード、かかっててね。そうよ「と」だったのよ。サイモン&ガーファンクルやなくて、サイモンとガーファンクル。昔はそう呼ばれてたんよ。『水曜の朝、午前3時』ゆう最初のアルバムでね。ふふ、言うてもわからんよね。とにかくうち、こんな心に直接語りかけてくるような音楽があったんかって、衝撃受けたんよね。英語なんてさっぱりわからんのにねえ。

それがきっかけで、そのお店通うようになったの。

そいでしばらくした頃、声かけられたんよ、あいつに。そのアカの男に。「お姉さん、よくこの店来るね」て。まあナンパよね。こっちはずっと水商売やってるからね、男のあしらい方も心得とるつもりでおってん。顔がまあまあ好みやったから、暇つぶしに相手したろて、少し話に付き合うことにしたんよ。

それがあかんかった。まずあいつ、音楽に詳しかったんよね。ビートルズもボブ・ディランも加藤登紀子《おときさん》も、みんなあいつに教わったんよ。

そいから、お店に来るお客さんらとは、世の中の見方が違うゆうかな。あいつのする話がいちいち新鮮に思えてねえ。

まあそらそうなんよね、『さくら』にしろ『春川』にしろ、高級なお店やからね。お客さんらは、みんな会社の上の方にいる人ら、ゆうたらブルジョワでしょ。で、あいつはそのブルジョワに喧嘩売っとるアカなんやから。

始末の悪いことにな、貧乏な農家の出のうちには、あいつの言い分がいちいち正しいように思えてん。

そいで、あとはしょうもない話よ。あいつと毎週のようにフォーク喫茶で会うようになって、いつの間にかあいつがうちのアパート転がり込んで……まあ洗脳ゆうたら大げさかもしれんけど、いろいろ吹き込まれて、真に受けて。

あいつの話はね、あの頃、うちが感じとった戸惑いや不安に理由を与えてくれる気がしたんよね。今の世の中が歪んどるから、こんなに不安なんや。うちがおかしいわけやない、て。あるときな、うちの仕事の話んなって、おハルさんのこと話したら、あいつ言うたの。

「その人はまるで高級娼婦だな」て。少しも主体的に生きていないだの、哀れなブルジョワの奴隷だのって、おハルさんをこき下ろして「実存をつかみ取ろうとするきみの方がずっと立派だ」なんてうちのこと持ち上げよるのよ。はは、まだよう覚えとるうちも世話ないな。

うちね、そんときすっとしてもうてん。眩しかったおハルさんの、メッキが剝がれたみたいに思えてなあ。まあ、うちの方が立派やて言うてもらえてな、嬉しかったんよね。単純な話。

そいからしばらくして、あいつ東京行く言い出してね。佐藤総理がベトナム行くの阻止するために羽田空港乗り込むゆうて。あれよ、羽田闘争。

て、知らんか。こんなん今の人が聞いたら、ぎょっとするわな。でも、あんときは二千何百人だかの、学生やら活動家やらが羽田に集まったんよね。

あいつね、そのまま活動の拠点を東京に移すからついて来て欲しい言うんよ。下らん男どものご機嫌取りなんて仕事辞めて、一緒に革命に生きよう、なんてアホなこと言われて……でもうちもアホやったから、その気になってもうてね。

そのちょっと前に、うち、おハルさんと喧嘩してたんやけど、その原因もあいつやったんよね。

うち、お店でも、あいつの受け売りで「資本主義はおかしい」みたいなことよう言うようになってたんやけどね。おハルさんにはどういうことかわかってたようでね、「ミネちゃん、変なアカみたいな男と付き合《お》うたらあかん」「都合よう利用されるだけや」って忠告されたんよ。

でもうち「余計なお世話や。おハルさんこそ、ブルジョワ男にすがって生きるの恥ずかしくないんですか」なんて言い返してな。さすがのおハルさんも怒って、言い合いになってん。

それでだいぶ気まずくなっとったのもあって、うち、何も言わんと「辞めます」て短い辞表だけお店に残して消えたんよ。

はあ、ほんまにアホ。アホの極みよね。

だって、そうまでして出てった東京でうちがやってたのは、あいつのために働いて、飯を炊いて、セックスの相手することやったんやもん。

あいつは羽田の次は三里塚や、新宿闘争や、沖縄デーやてな、そら楽しそうにいろいろやっててな、うちはそれ、かいがいしく支えててん。それが革命のためやて、主体的に革命に参加してるんやて、それで何者かになれたように思いこんどったの。

それじゃ、やってること、お嫁に行って旦那さん支えとるのと大して変わらんやろ。

でも……、あいつてうちと、似た者同士やったような気がするんよね。あいつも実家は農家で都会出てきてんて。革命とか反戦とかは、ただのお題目で、ほんまは何者かになりたかったん違うかな。革命ごっこしてる最中、何者かになれた気がしたんやないかな。

おハルさんの言う通りやったの。うちはね、都合よくあいつのごっこ遊びに利用されてただけやったわ。

あいつと付き合《お》うて三年くらいしてね、ちょうど万博の年よ。七〇年。うち気づいたら三〇過ぎてな。ある日、あいつに別れよう言われたんよ。「関係を、発展的に解消したい」とかなんとか。要は、別の女ができたの、若いどっかの大学の女学生よ。ね、ほんま、しょうもない話でしょう。

そいで目え醒めて、ゆうてもずいぶん引きずったんやけどね。おハルさんの元に戻るんも、どの面下げてゆう感じやし、そのままずっと東京よ。仕事は結局、水商売。下町のスナック転々とするうちに、今の亭主に出会って……まあええでしょう、うちの話はこんくらいでも。

うん、そのあとうちは大阪に戻ることもなかったし、おハルさんと会うこともなかったの。

うちが辞めたあと、おハルさん『春川』を金ピカのビルに建て替えたんよね。そいから、投資を始めてバブルでえらい儲けはって……うん、そうゆうことは全部、テレビや週刊誌で知ったんよ。もちろん、詐欺とか、お告げで人殺したとかゆう事件のこともね。だからね、さっきも言うた通り、そこら辺のことはうち、何も知らないんよね。

5 宇佐原陽菜

我慢せずワガママに生きることが、世界への復讐になる——というハルさんの考え方は私にとってとても新鮮でしたが、同時にすとんと腑に落ちたんです。

私のいた『メギドの民』では欲望は否定されるべき悪いものでした。我慢に我慢を重ね神様のつくった摂理に従い生きることこそが幸福だと教わりました。

——あきらめろ、受け入れろ、我慢しろ。

あの教団の教えは、私が聞いた世界の声、そのものだったんです。

ワガママとはその真逆です。だからまさに、この世界に復讐する生き方じゃないかと思えたんです。

ただ、そうは言っても終戦の年、ハルさんはまだ一二歳、子供でした。その上〝うみうし様〟が家族を殺したことで、みなしごになってしまいました。ワガママに生きるなんて簡単にはできませんでした。

ハルさんは生まれた村から少し離れた町の親戚の家に身を寄せることになります。その親戚の家は決して豊かではなく、いや、どちらかといえば貧乏の部類だったようですが、きちんとハルさんに三食たべさせてくれました。ただしハルさんを進学させる余裕などなく、形ばかり通っていた中学校を卒業したあとは、その家の家業であるサツマイモづくりを手伝うことになりました。

ハルさんは農作業などまったく好きではなかったのですが、居候の立場で拒否するわけにもいきません。不平不満を言って親戚に嫌われでもしたら、生活もしづらくなりますから。

ハルさんは表面上はにこにこして嫌がらずに仕事をこなしていたそうです。すると、その親戚の家のお父さんや、息子さん、それから近所の人たちはハルさんにずいぶんと親切にしてくれました。みな気を遣い、ときどき作業を代わってくれたり、お菓子とか果物をくれたり、休みの日に遊びに行こうと誘われたり……、有り体に言えば、ハルさんはモテたのです。

だんだんとハルさんは自分が男性を惹きつけることを自覚するようになります。そして、そうやって自分を好いた人に、ちやほやされるのも悪くないと思うようになりました。その間は少しワガママに振る舞うことができたから。またハルさんはお金の持つ力を肌で感じるようになりました。

当時、その町のほとんどがハルさんの親戚の家と同様に農家でしたが、一番、いい暮らしをしていたのは、終戦後、早々《はやばや》と農業には見切りをつけて、持っている土地にアパートを建てた家だったんです。

その家は江戸時代までは庄屋で、もともと先祖代々の大きな土地を持っている裕福な家ではありました。が、他の家との最大の違いは農業を止《や》めて安定的な現金収入を得るようになっていたことです。

まだまだ戦後の混乱期と呼ばれる時期でしたが、少しずつ復興が進み市中に物が出回るようになってゆく中、現金を持っていればいるほど生活を向上させることができたんです。

その家の人たちは、米軍の放出品らしき上等な洋服を身につけ、身なりからして他の人たちと違いました。特にその家の息子さんはハルさんをよくヤミ市に連れて行ってくれて、貴重なお菓子を気前よく買ってくれました。

甘いチョコレートを口に含んだとき、ハルさんは自由を感じたといいます。

たくさんお金を持っていて、欲しいものを欲しいときに手に入れる――とどのつまり、ワガママに生きるとはそういうことじゃないのか。このときハルさんは単純にそう思ったんです。

やがてハルさんは、その息子さんと結婚することになります。一八のときだったそうです。だってその町では、女性がお金を稼ぐ手段が他になかったから。働こうと思っても、女性を雇ってくれる勤め先自体がありませんでした。ワガママに生きるためのお金を手に入れるには、お金持ちと結婚するしか方法がなかったんです。

その息子さん――ハルさんの夫は、コネを活かして大手の食品会社に勤めていました。野良仕事なんてしなくていい、家事だけをやってくれたらいいんだとハルさんは言われました。つまり専業主婦ですよね。もともと農作業が好きではなかったハルさんですから、それは大歓迎でした。

この頃から、だんだんと地方でもそういうふうに、旦那さんが外に働きに出て、家は主婦の奥さんが守るという家庭が増えていったそうです。それが当時の一番、現代的というか進歩的な家族像だったそうです。

私はまるで知らない世界の話を聞いているような気がしました。女性の働く先がないなんてこと、あったんですね。私が彼と教団から逃げて俗世に出たときは、逆に共働き以外の選択肢なんてなかったですし、私の周りの結婚している俗世の女性で専業主婦なんて一人もいませんでしたから。

共働きでも家事はやらなきゃいけません。私の彼がそうでしたが、男の人って結局あまり家事をやらないんですよね。そうじゃない人もいるのかもしれませんけど、私の知る限り、共働きのカップルや夫婦でも大抵は女性の方がたくさん家事をやっていました。だから私なんて、家事だけをやって生活できる主婦というのはいい身分だなって思ってしまいます。でも、そう単純なことでもないんですね。

ハルさんの婚家には舅、姑、おまけに小姑がいて、みな同居していたんです。二世帯住宅なんて言葉すらない時代でした。

そこでハルさんは嫁という名の小間使いか、下手をしたら奴隷のように扱われたそうです。

会社勤めをする夫の仕事は夕方までには終わります。しかし妻であるハルさんの家事労働は二四時間終わることはなかったんです。料理の味付けや掃除や洗濯の仕方の一つ一つを細かくチェックされて、至らないところや婚家の人々の気に入らないところがあれば、ねちねちと厭味を言われました。その上、今みたいに家電製品はありませんから、掃除は箒《ほうき》とぞうきんで、洗濯は洗濯板でやらなければなりません。冬場には手がしもやけだらけになったそうです。

結婚しても我慢ばかりの生活の中、ハルさんはあの怒りが——幼い頃に自覚したこの世界そのものへの怒りが——、解消されるどころか強まってゆくのを感じていました。

それでもやはり婚家の暮らし向きは、町の中では豊かとされていたんです。お金がありますからね。夫は気前がよく、ハルさんが街に出かけてある程度好きに買い物をすることも許してくれました。

ハルさんは主婦業が自分の仕事なんだと、自分に言い聞かせ日々をやりすごしていました。しかし、やがてどうにもならない問題が浮上します。

子供です。

婚家では子供を、跡取りとなる男の子を産むことがハルさんの当然の義務と見做されていたんです。ハルさんは、本音では特に子供を欲しいとは思っていませんでした。でも、夫の求めには応じてセックスは普通にしていたので、そのうちできるのだろうとも思っていたんです。

けれど、なかなか子はできませんでした。お姑さんが早く子を産めとうるさいので、タイミングを計ったり、子供ができやすくなるという食べものを食べたり、今でいう妊活のようなことをずいぶんやったそうですが駄目でした。

必ずしもハルさんだけのせいではないはずなのに、婚家の人々はハルさんを責めたそうです。お姑さんからははっきりと不生女《うまずめ》などと言われたこともあるとかで。

そんな悪口があるなんて知らなくて私、ちょっとびっくりしました。

夫も「きみが跡取りを産んでくれたら解決するんだ」などと、責任をすべてハルさんに押しつけるようなことを口にしたといいます。

そのうえ夫はときおり背広に女性の香水の匂いをつけて帰ってきたり、理由のよくわからない外泊をするようになりました。女遊びをしていることは明らかなのに、抗議すると婚家の人々は「それも甲斐性のうちだ」「おまえが悪い」とハルさんを責めたのです。

事ここに至り、ハルさんは、この結婚は失敗だったとはっきり気づいたといいます。少しくらいお金があるからといって、この家にいたら怒りは募るばかり。我慢我慢の毎日で、ワガママに生きることなんてできないのは明白でした。

ハルさんは離婚を決意しました。家事でも、子供ができないことでも、さんざん文句を言われていましたから、すんなり別れてもらえると思っていました。

しかし婚家の人々も夫も、絶対に離婚など許さないというのです。理由はただ一つ、体面が悪いから。そんなくだらないことを考えず、とにかく早く元気な男の子を産むんだと、ハルさんは迫られました。

ハルさんの怒りは頂点に達しました。

あるいは時間が経てば、三〇、四〇と年齢を重ねても子供を授からなければ、さすがに痺れを切らして、離婚に応じてもらえたかもしれません。

しかしハルさんは、それまで待つ気はありませんでした。

です。

ええそうです。自分の家族と同じように、夫もまた〝うみうし様〟が殺してくれたんです。

すると大雨が降る夜、夫は酔って家に帰る途中、氾濫《はんらん》した川に落ちて死んだんです。

私を縛るあの夫を殺してください——と。

〝うみうし様〟に願ったのです。


夫にも婚家にも家族ほどの愛着はなかったので、このときはハルさんに葛藤はほとんどありませんでした。だから、夫の死の知らせを受けたときは小躍りしたくなったそうですが、それを必死に堪《こら》えて、良人《りょうじん》を喪《うしな》って悲しみに浸る妻を演じました。

あ、夫のことを良人というふうに言うのも、私はハルさんが言うのを聞いてはじめて知りました。世の中にはよい夫もいれば悪い夫もいるはずなのに、そんな言い方をするんですね。おかしいですよね。ふふ。

ハルさん、お葬式では号泣したそうです。その気になれば、悲しくなくても涙が出るものだって、ハルさんは笑っていましたが、私にはそんなことできないので、やっぱりハルさんは特別なんでしょうね。もしかしたら女優を目指しても一流になれたんじゃないかと思いました。

ともあれ夫が死んだことでハルさんは、婚家を離れることができました。婚家の財産の大半は当時まだ存命中の舅のものでしたが、夫の貯金などの一部を遺産として受け取ることもできました。これを元手にして都会に、大阪に出て行くことにしたんです。

ハルさんは一度失敗して、ようやく気づいたんです。

お金は大事。お金がないと何も始まらない。けれど夫の経済力をあてにして結婚することは、結局、その夫や家に縛られて、支配されることになる。我慢を強いられることになる、と。それはハルさんが望んだ生き方の対極にあるものです。

結婚はお金のためにするものじゃない——って、ハルさんしみじみ言ってました。でもそれって当たり前ですよね。聞いたとき、少し可笑しかったです、正直。

とにかくそれでハルさんは、お金は自分で稼ぐしかないと思い至りました。しかしさっき話したとおり田舎の町には女性が稼げる仕事なんてありません。だから都会に出て行くことにしたんです。

以前から買い物などで大阪に行く機会はありました。そのときハルさんは、田舎と違い都会には女性の働く場所がたくさんあることを知り、ずっと下調べもしていたんです。

〝うみうし様〟に夫を殺してもらうと決めてからは、『さくら』という、クラブと料亭の合の子みたいなお店で働けるよう話をつけていました。

ああ、そうそう、そうです。このとき、自分を引き取ってくれた親戚の家の娘で、ミネちゃんという子も一緒に行くことになったんです。

こうしてハルさんは大阪でホステスをやることになったんです。そのミネちゃんも一すよね？

よくわからないんですが、『さくら』というお店は要するに水商売のお店……なんで

緒に。

ホステスはハルさんに向いていたようです。始めてすぐにいいお客さんがいっぱいついて、チップというのですか、ちょっとしたお小遣いのようなお金をたくさんもらえるようになりました。

ただ……それでもやはり、酔客の相手をする仕事ですからね。我慢を強いられる場面は少なくなかったそうです。自分でお金を払ってお店に来ているくせに、水商売を馬鹿にするお客さんは本当に多かったといいます。何かというと「女のくせに」とか「だから女は駄目なんだ」とか、女性そのものを見下す人も珍しくなかったそうです。しかも、そんなお客さんに限って愛想よく接してあげていると、何を勘違いしたのか「俺がもらってやるよ」なんて言って、ハルさんに結婚を申し込んできたそうです。もちろんハルさんは断りました。ただでさえもう結婚はこりごりなのに、そんな人と一緒になるだなんて悪夢でしかありませんから。

都会での暮らしは嫁という役割を押しつけられる田舎の婚家でのそれと比べれば自由ではありました。でも、ハルさんが望んだワガママな生き方とはかけ離れていて、心の中の怒りは収まることはありませんでした。

そんなハルさんは上阪したときから、一つ目標を立てていました。それは自分のお店を持つことです。誰かに雇われているよりも、自分自身が主《あるじ》になった方が、きっと我慢することも少なくワガママが利くと思ったんです。

当時は女性が働くことすら珍しく、経営者になる例なんて本当に少ない時代でした。「女のくせに」という言葉がそれを象徴しています。だったら、なおさらやってやろうってハルさんは思ったそうです。そうやってできるはずのないことをやっていくことこそが、ハルさんの考えるワガママ、この世界への復讐なんですから。

自分の店を持てば、この怒りも収まるかもしれない。そう、思ったんです。

そのためには大金が必要です。そして、お金を持っているのはやっぱり男なんです。

都会に出てきてハルさんは、それまで直感的にぼんやりと感じていたお金についての二つの真実をはっきりと理解したといいます。

一つは、お金は本質的に自由で平等である、ということ。

お金の素晴らしいところは、その値段に見合うものなら何とでも交換できる自由さと、使う人によって価値が変わらない平等さです。どんな立場の人でも一〇〇円玉一枚あれば一〇〇円の物が買えるんです。

老いも若きも男も女も、一〇〇円は一〇〇円。ハルさんが若い女だからって、価値が九〇円に下がることがないんです。逆に一一〇円に増えることももちろんありません。

使い道だって自由です。服を買ってもいいし、お菓子を買ってもいい。他の人がもったいないと思うような使い方をしてもいい。

考えてみたらこれはすごいことです。

他の何か……そうですね、たとえば心。よくお金と比較して心の方が大事だなんて言う人がいますよね。『メギドの民』の教えも煎じ詰めればそういうものでした。でも、心なんて不自由だし不平等です。そうでしょう？　人は、他人の心はもちろん、自分の心さえも自由にできません。そしてあの人は好き、あの人は嫌いと、人に差をつけるのも心の働き。まさに不平等の源泉が心です。

そこへいくとお金は、男でも女でも、病人でも障害者でも、どこの誰でも同じように使え、その人の望むものに換えることができるんです。人間が発明したもので、お金ほど自由で平等なものはないかもしれません。

けれどもう一つ、ハルさんはお金についての真実——こちらは不都合な真実と言えるかもしれませんが——を、理解しました。

それはお金は本質的に平等であるにも拘《かか》わらず、男の手に偏在している、ということです。

つまり、お金を手にする機会が男にばかり与えられているということです。

都会には田舎と違って女性がする仕事も多くありました。

たとえば会社のお茶くみや、デパートの販売員、ハルさんがやっていたホステスもそうです。

けれどよくよく眺めてみれば、これら女の仕事というのは、大半が男の補助で大した稼ぎにならないものか、稼いだ男にお金を使わせるようなものだったんです。本当の意味で稼ぐ仕事をしているのは男ばかりなんです。

そのことに気づいたとき、ハルさんは大阪というきらびやかで巨大な都市も、一皮剝けば結婚していた田舎町のあの家とよく似ているように思え、空恐ろしく感じました。

でもそれを嘆いても仕方ありません。

男がお金を持っているならそこから引っ張ればいいんです。まず男からお金を奪い、それから仕事を奪うんです。

都会でなら、結婚という手段をとらなくても、それができました。愛人、パトロン、スポンサー、言い方はいろいろですが、街には妻ではない女のために大金を貢ぐ男が大勢いました。

ハルさん曰く、男は女に三つの役割を求めるんだそうです。一つは恋愛、いや、セックスの相手としての恋人の役割、もう一つは自分の身の回りの世話をしてくれる母親の役割、そして最後の一つが競争に勝った証しとしての杯《トロフィー》の役割です。

これは人間のオスという動物の本能なので、どんな人でもそうなのだとハルさんは言います。

私はなるほど、そうかもしれないと思いました。私と私が殺してしまった彼の関係は、たぶん俗世の普通のカップルに比べたら特殊な部分が多かったと思います。それでも彼は私に、恋人、母親、杯《トロフィー》、この三つの役割を求めていたような気がするんです。

ハルさんが『さくら』で働いていた当時は、高度経済成長の時代。それこそ私は言葉しか知りませんが、日本が焼け野原からの復興を遂げてやがて先進国の仲間入りを果たしていった時代です。当時、稼いでいた男たちは、みな本能に忠実だったそうです。ときに恋人のように甘く、母親のように優しく、ハルさんは男たちに接しました。でも、一番大事なのは杯《トロフィー》としての価値を高めることだったといいます。

恋人と母親の役割は、突き詰めれば単純な実利です。セックスをして気持ちいいとか、優しくされて癒されるとか、わかりやすい利益があります。けれど杯《トロフィー》の役割は少し違います。実際の杯《トロフィー》でお酒を飲む人なんていないのと同じように、実利ではなく、手に入れて手元においていることに価値があるのです。勝利の証しとして。プライドを満たすために。

そう、プライド。

経済成長の先端を走る本能に忠実なオスたちにとって、これより大事なものはありません。彼らは、杯《トロフィー》を手にして維持するためなら、あるいは奪い取るためなら、常識を外れたお金を払うのです。

そういう実利を超えたプライドを競う争いがあるからこそ、『さくら』のような女性が接客する水商売のお店は成立するそうです。これもたしかにその通りかもしれませんね。

男たちはお店に狩りに来ているけれど、それを迎え撃つハルさんにとってもまた狩りでした。

男たちは簡単に「いい女」なんて言葉を使いますが、つまりそれは杯《トロフィー》としての価直が高いということ。これは容姿だけでは決まりません。スポーツ選手がメッキを施しただけの真鍮《しんちゅう》の塊に過ぎない杯《トロフィー》を全力で取り合うように、たとえ平凡な女だとしても、自分を手に入れることに価直があると思いこませることができれば、それができない絶世の美女よりも、大物を狩れるそうです。

実際、ハルさんは『さくら』に通ってくるお客さんの中でも特に羽振りのいい人の愛人の座に納まりました。その人は日本でも有数の企業グループの会長さんで、ハルさんは「会長」と呼んでいました。出会った頃はその人はまだグループ内の企業の社長だったらしいですけどね。

その企業グループの創業者一族の御曹司だった会長は、生まれながらに王になることを約束され、その運命を屈託なく受け入れ全力で楽しんでいるような人でした。店に来るお客さんの誰よりもお金持ちで、そして自由でした。いつも明るくて、何一つ我慢することなく、欲しいものは必ず手に入れる。それでいて、気前はよくて大勢の人に好かれていました。

まさにハルさんが目指すワガママな生き方を、現在進行形でしている人でした。

もし、自分がこの人みたいに男で、いい家柄の家に生まれていたら——一緒にいるとき、ハルさんはいつも思ったそうです。それは嫉妬であり、同時に憧れでした。

この二つの感情が両輪のようにハルさんの心を走らせました。ハルさんは会長に惹かれていきました。

そして会長もまたハルさんにのめり込むようになりました。

経営者には多いそうですが、会長は信心深い人で、特定の宗教や宗派に属しているわけではないのですが、キリスト教の神も、仏教の仏も、日本古来の八百万《やおよろず》の神々も同時に篤く信仰するような人でした。自然信仰というんでしょうか、「修行」と称して一人で山に登って、祈りを捧げたりすることもあったそうです。

そんな人ですからハルさんが〝うみうし様〟の話をすると——もちろん家族や夫を殺してもらったことは伏せて、ただの守り神様ということにしてですが——会長は神の力を宿した女だと、大層感心しました。

ハルさんは話を合わせて〝うみうし様〟というのは、運気を向上させる神様ということにしたんです。ええ、のちにバブルの時代に語られる〝うみうし様〟の原形はここでつくられました。

これは私の想像ですが……、例の不思議なお坊さんの話も、会長と話を合わせる中で拵えていったもの、だったのではないでしょうか。

ともあれ、ハルさんと会長は波長が合いました。交際している間は、二人で霊山巡りをしたり、一緒に滝に打たれたりもしたそうです。

やがて会長はそれまで何人もいた愛人との関係を清算し、ハルさん一筋になりました。ハルさんが会長の愛人になったのは、もちろんお金のためです。それでもあれは本気の恋愛でもあった、たしかに愛し合っていた。そうハルさんは言っていました。

この会長に貢がせたお金でハルさんは、目標を達成しました。自分の店を持ったのです。そうです、『春川』です。三二歳。大阪に出てきて九年目のことでした。

ふふ、何だかすごい話ですよね。

実は……私も今、水商売をしているんですよ。ガールズバーでバーテンのバイトをしているんです。バーテンと言っても、実質ホステスなんですけどね。ただ、キャバクラなんかと違って、お客さんの隣には座らずカウンター越しに話すんです。だからホステスではなくバーテン。そういうことにしてガールズバーは風営法の規制を逃れているそうです。

違法ではないけれど、脱法ではありますよね。でも、そういう業界だからか、殺人の前科があっても雇ってもらえたんです。店長には「お客さんにその話したら駄目だよ」って釘を刺されていますけど。

私、一応、罪を償ったことになっているんですけどね。人を殺したことのある人間を好んで雇うところなんてないんですよね。最初は昼間の堅い仕事を探したんですけど全滅でした。今は履歴書に書かなくてもすぐバレるんですよね。ネットで名前を検索したら記事が出てきちゃうから。

そんなわけで、私は出所したあとハルさんと同じ水商売の世界に足を踏み入れることになったんです。でも、ハルさんから聞いた話とは何から何まで違うんですよ。

私の店に来るのは一五〇〇円の延長料をケチるような人ばかりです。バーテンの女の子を口説こうとする人はいるけれど、ハルさんの話に出てきたような大金を積んでパトロンになってくれるような羽振りのいいお客さんなんて一人もいません。チップをくれる人すらいません。

おまけにコロナのせいで、四月から、そうです、あの緊急事態宣言でしたっけ、あれが出ている間はずっと休業になって。もちろんその間、お給料なんて出ません。時給ですからね。六月から再開してますけど、そんなケチなお客さんも減っちゃって、だからシフトも減らされて……。同僚の子たちはみんな、次の家賃やスマホ代を払えるか心配しています。私も、ですけどね。

お店の種類も時代も違うんですから、違って当たり前なのかもしれませんけれど。本当に、笑えるくらい違うんです。

ともあれ私、改めてハルさんはすごいと思いました。一介のホステスから料亭の経営者になるなんて、私には想像もつきませんから。

え、ああ、はい。そうでした。この『春川』を開店させてしばらくした頃、一緒に大阪に出てきたミネちゃんが、ハルさんの元を離れます。

アカ？　というのにそそのかされたと言っていました。ハルさんのことを「男にすがって生きている」なんて言うようになって……そのうち、いなくなってしまったんです。

そのアカ、というのは、表面的には、戦争反対や人の平等を謳っていても、中身はとても不健全なものなんですよね。平等を錦の御旗にして、人間の自然な欲求や欲望を抑圧して、罪悪感をテコに人々に正しいことをしていると錯覚させて操るって……ええ、ハルさんがそう説明してくれました。

私、それを聞いて『メギドの民』と、そっくりだなって思ったんです。そのミネちゃんという人が、他人とは思えませんでした。

その点、ハルさんは違いました。欲望を否定しませんから。お金こそが人に自由と平等を与えると見抜いていたんです。

ミネちゃんはアカにそそのかされて道を踏み誤りました。でも彼女が言った「男にすがって生きている」という言葉はハルさんに突き刺さっていたんです。

自分の店を持つという目標を達成し、会長に対しても周りの人たちに対しても機嫌よくしていたハルさんでしたが、その実、怒りはちっとも収まっていませんでした。

店を持ったとはいえ、我慢しなければならないことは少なくなかったんです。会長は「アドバイス」と称してお店の内装からメニューに至るまで口を出してきました。ハルさんはそのすべてに賛成できるわけではなかったのですが、スポンサーである会長の意向は尊重せざるを得ません。会長はその気になれば資金を引き揚げ、お店をハルさんから取りあげることもできるんですから。

経営に関すること以外でも、たとえば『春川』というお店の名。これはハルさんの名前とその会長の名字から一字ずつとったものなのですが、会長が勝手に決めてしまったそうです。それから神棚も。

そう〝うみうし様〞を祀っていた神棚です。のちにマスコミでも取りあげられたりしたものですが、あれもハルさんが望んだわけでなく会長がつくったんです。ハルさんは、〝うみうし様〞は自分の中に宿っているのだから神棚なんて不要だと思っていました。

しかし信心深い会長は「せっかくの守り神やったら神棚をつくって店にお招きせなあか

ん」と、勝手に神棚と像を発注してしまったんです。

それで何かハルさんに不利益があったわけではありません。『春川』というのはいい店名ですし、〝うみうし様〟の像だって、会長は奮発して純金でつくったそうなんで、それ自体に価値があります。のちに『春川』をビルに建て替えたときも神棚と像は残すことになりました。

経営上の会長のアドバイスも概《おおむ》ね的確で、有益なものではあったそうです。でも自分の意思を殺し会長に従うなら、本当に自分の店と言えるのか、ハルさんはジレンマを感じていました。

実際ハルさんの後ろ盾が会長だと知っている人にとっては、『春川』は〝ハルさんの店〟ではなく、〝会長が愛人に持たせた店〟でした。「会長のお陰で店が持ててよかったですね」などと、持ち上げる振りをして見下すようなことを言う人もたくさんいました。しかもそれは事実です。ハルさんがお店を持てたのは、たしかに会長のお陰なんですから。

会長に貢がせたつもりでいたけれど、本当のところはただひたすらに会長の望みを叶えているだけじゃないかという疑念は常につきまといました。

ワガママに振る舞うのは会長だけで、自分は傍らでそれを眺め、ときどきおこぼれをもらっている、ミネちゃんが言うように、すがっている存在、なんじゃないかと。

ハルさんは自分の店を持つことと引き替えに、恋人、母親、杯《トロフィー》、の三つの役割の他にも、あるものを会長に捧げていました。

それは、子供です。

そうです。ハルさんは会長の子を産んでいるんです。

欲しくって授かったわけじゃない、子を。

6　瀬川益臣《せがわますおみ》

今日は東京から？　それは遠い所をわざわざ、ご苦労様です。

いえいえ、私の方は大変なことなんかないですよ。まあ悠々自適と言ったら、あれですが、仕事は早めに引退しましたからね。やることといったら、新聞読んで、株価チェックして、趣味の映画を観るくらいですかね。

そうなんです。映画は好きで、若い頃は映画監督に憧れた時期もあるんですよ。ちょっと前は結構、映画館通ってたんですけどね、今はもっぱら配信です。

去年あれ、ええっとほらスコセッシの新作、やだなあもう、歳のせいか、すぐど忘れしちゃうんですよ。知りません？　えっとああ、そうだ『アイリッシュマン』。あれを見るのにNetflix入ったのがきっかけでね。便利だし、世界中のいい作品揃ってるし、配信ってこんないいもんなのかとね、すぐAmazonの方もプライム会員になって、そしたら、ちょうどよく、なんて言ったらアレですけどコロナで外出するなってことになったでしょう。緊急事態宣言出てた頃は毎日二、三本観てたかな。

私の歳だと家に閉じこもりっきりになるのはよくないんでしょうが、楽なもんでね。新作もわりとすぐに配信に入りますから、ええ、映画館が営業再開してもすっかり足が遠のいてしまいました。これも新しい生活様式ってやつですかねえ。

そうですねえ。確かにこの先どうなるのか……瀬川の現役の者に聞くと、経営陣みんな頭抱えてるそうですよ。

今年は日本中でオリンピックのインバウンドを当て込んだ大型商業施設をオープンしてましてね。関西だと万博も見越してこの先も計画がずいぶんあるんですよ。そのいくつかに瀬川もかなりの投資してますから。確かに相当厳しいことになりそうです。

ただ、私自身は楽観してますけどね。

オリンピックは駄目かもしれない。万博も黄色信号ってとこでしょうかね。でもずっとこんな状態が続くわけがない。ワクチンか特効薬か、集団免疫かわかりませんが、いずれ人類はコロナに打ち勝つか……そうならなかったとしても、コロナと共存するようになる。スペイン風邪が季節性のインフルエンザとして定着したようにね。どちらにせよ、今は一時的に縮んでるようでも、人間の経済活動はまたグローバルに拡大してきます。これは歴史が証明していることです。

まあ私はドロップアウトした人間ですんで、こんな気楽なこと言えるってわけですがね……。

ああ、そうですね。外の人にはわかりづらいかもしれませんね。

瀬川グループというのは、瀬川物産、瀬川地所、瀬川自動車が御三家と言われてて、事実上の本体なんです。私みたいな本家の人間からすれば、これら以外のグループ企業はみんな傍流。特に私が最後に社長になったリバーライフなんて、瀬川の名前もついてない最近できたばっかの傍流中の傍流です。社長と言っても名誉職ですらない。最終的な私のグループ内の格は、御三家の部長クラスと、とんとんってとこです。

四男とはいえ、一応、私も本家の男子ですからねえ。会長は無理でも御三家どっかのトップに納まって、まだ引退なんかせんと相談役か何かやっててもおかしくないんでしょうがね。

でも正直言って、そういうのは私の性には合わなかったと思います。グループ内には、私を昼行灯《ひるあんどん》と揶揄《やゆ》する人もいましたが、実際その通りで、商才は兄貴らの足元にも及ばなかったのでね。

もしバブル崩壊後の厳しい時期に私がグループの中枢で舵取りをしてたら、今頃、瀬川はなくなってたんじゃないかと思いますよ。いや、本当に。

それで、今日はあれですよね……、私の親父、瀬川兵衛と、あの人、朝比奈ハルさんの関係について。

まあもったいぶっても仕方ないんで、はっきり言いますが、二人は交際しておりました。いわゆる愛人関係です。当時の側近らによると、グループ内でも公然の秘密だったらしいです。

ははは、そりゃ、少し前までだったらこんな話、しませんでしたよ。

朝比奈さんが事件起こしたあと、いくつかのゴシップ誌が「関西の財界有力者」みたいな書き方で親父のことを臭わせるようなこと書いてますが、そのときはグループをあげて圧力かけて続報は出させませんでした。

親父はバブル景気が始まるずいぶん前に死んでますから、事件にはもちろん、朝比奈さんを有名にした投資にも関わってないんです。なのに好き勝手書かれて瀬川家のイメージダウンさせられたら、たまらんですから。瀬川のグループ企業は、ほぼ全部の出版社と放送局に広告を出稿してますんでね、ある程度は押さえが利くんですよ。

でも、もう事件からも三〇年くらいですか。親父も、朝比奈さんも、あとお袋や兄貴たちも、みんなあの世に逝ってしまいましたしね。

それに、あなたが書くのは暴露記事の類じゃなくて、小説なんでしょう？　でしたら、まあいいかなと。今日は、私が知ってることなら何でも話そうと思うんです。私ね、映画監督になりたかったのもあって、文化事業にはいろいろ噛《か》んでた時期もありましてね。あなたみたいな若い人が小説書くなんていうのは、むしろ応援したいと思ってるんです。小説なら、実名とかは出ないんでしょ？　だったら逆にこっちも気楽に話せますしね。

ええ。かまいませんよ、ある程度親父をモデルにした登場人物を出すのはね。そのくらいなら、今更誰にも迷惑かからんでしょうしね。

実際、朝比奈さんは題材としては面白いと思いますよ。もし上手いこと、出版できるようになったら、是非読ませてくださいよ。ええ、同人誌みたいなもんでも全然構いませんから。

はい。じゃあまず、親父と朝比奈さんの出会いからいきますか。

ちょっと失礼。簡単に年表……ってほどじゃないんですが、メモをつくってきたんでね。ほら年とか正確にわかった方がいいでしょう。ああ、いいですよ、本当に簡単なものなんでこんなもんでよければ、あとでコピー、差し上げます。

で、ええっと一九五七年、前年度の経済白書に載った「もはや戦後ではない」が流行語になってた時期ですね。ミナミにあったすき焼き屋で、そうです『さくら』です。仕事の接待でそこに行った親父が、女中、というかホステスをしてた朝比奈さんと出会ったそうです。

当時、親父は四六歳の若さで瀬川物産の社長を務めていました。朝比奈さんは、二四歳で店でも人気のホステスだったとか。もちろん私が直接知ってるわけじゃないです。このとき、私、まだ生まれてもないですから。親父が死んだあとに親父の側近だった人らから聞いた話です。

親父を知る人は、みな「兵衛さんは自由人やった」って、口を揃えます。若い頃から才気煥発で仕事もよくできたんですが、キタやミナミの界隈では、気っ風のいい遊び人としても知られていました。常に何人も愛人がいて、歌手や女優などの芸能人なんかとも付き合っていた時期があるようです。

そんな親父ですが、朝比奈さんと付き合いはじめてからは、他の愛人との関係は全部清算して彼女一筋になったらしいです。それだけ彼女に入れ込んでいたんです。ええ、お店も持たせました。『春川』の開業資金はほぼ全額を親父が持ったはずです。

結局、親父は死ぬまで朝比奈さんと付き合っていたようです。親父が死んだのは、万博の翌年一九七一年。六〇歳のときですから交際期間は正味一四年ですか。長いですよね。

あの〝うみうし様〟でしたっけ。バブルのときにも、朝比奈さん、神様のお告げで投資をしてると言っていたそうですが、親父は彼女に不思議な力があるって信じていたらしいですよ。周囲には「あいつはあげまんや」「神を宿した女や」なんて言っていたそうです。

経済人、特に関西の経済人は、占いやら験担ぎやらが好きな人が多く、付き合ってる女のおかげで出世できたとか、あげまんだとかよく言うんですよ。親父はその典型だったそうです。信心深いというか、仏様やら神様やら、何でも信じる人だったんです。

実際、親父は朝比奈さんと付き合いはじめてから会長の座に昇りつめました。今に至るまで五〇代で会長になったのは、創業者の弥左衛門《やざえもん》さんの他には親父しかおりませんから、大した出世なのは間違いないところです。

ただ、あげまん、というのは実際のところはどうなんでしょうね。私は因果関係が逆のような気もするんですよね。あげまんが、男を出世させてるんじゃなくて、出世しそうな男を見極めて取り入る女が、あげまんて呼ばれるんじゃないんですかね。

まあ親父にとって朝比奈さんは、真実、あげまんだったんでしょうから、そんな理屈は関係ないのでしょうが。

え、私、ですか？

ええ。私が生まれたのは一九六〇年。親父が四九のときの子供です。一番歳の近い三番目の兄貴でも、一回り以上、一四も歳が離れてるんです。

ああ……。ははは、やっぱりその噂の話になりますか。

いや、大丈夫ですよ。言いましたでしょう。私が知っていることは何でも話すって。

はい。一応、私は戸籍上、親父の嫡出子。つまりお袋が産んだ子ということになっています。法律上もそういう立場です。ただし生物学的には……違うんです。ええ私は親父がお袋じゃない女性に産ませた子です。

私が生まれた当時、お袋は妊娠していなかったそうですから。それに兄弟の中で私だけお袋に似てないってよく言われましたし、実際そうなんですよね。

六〇年の九月、親父は静養すると告げて一週間ほど熊野にある別荘で過ごしたんです。当時右腕と言われていた秘書だけを連れてね。

それで生まれたばかりの私を連れて帰って来たんだそうです。「この子はうちの子だから」と。お袋にも事前に話は通っていたんでしょうね。自分が産んだ子として、出生届を出したそうです。

お袋は古き良き名士の妻を絵に描いたような人でね。明石の大店《おおだな》の娘だったんですが、その商店がにっちもさっちもいかなくなったときに、瀬川が助けることになって、そんとき親父との縁談もまとまったそうです。ちっちゃい頃からよく躾《しつ》けられたそうで、本当に親父のあとを三歩下がって歩くような人でした。親父に何か意見するようなこと自体、ありませんでした。

それで、私の本当のというか、生物学上の母親ですが……まあ当時、親父が付き合っていた愛人は朝比奈さんだけですから、おそらくは彼女なんだろうと思います。ちょうど、私が生まれる半年ほど前から、勤めていた『さくら』を休んでいるんですよね。

そうですか、朝比奈さんと一緒に働いていた方にも話を。その方も、親父の子を産んだんじゃないかって思っているんですね。

じゃあ、やっぱりそうなんでしょうね……。

実は私、会ったことあるんですよ。朝比奈さんに。万博のときです。ええ、大阪万博です、七〇年の。私は九つで、小学四年生でした。

ある日、たしか小学校の一時間目が始まってすぐだったかな。親父が私を迎えに来たんですよ。ええ、学校まで。それで「万博連れてったる」「母さんや兄ちゃんたちには内緒や」って。

びっくりしましたよ。そんなことそれまで一度もなかったというか、親父と出かける機会自体、皆無でしたから。あんときは運転手使わないで、親父が自分で車、運転してましたし。どういう風の吹きまわしかと思いました。でも子供心に他の家族には内緒で連れてってくれたのが、特別扱いされているようで嬉しくてね。何より、万博、すごく行きたかったんで。

そしたら、途中で女の人を拾っていって。三人で行くことになって。ええ、あのときの人が朝比奈さんだったと思うんですよね。親父が、ハル、ハルって呼んでいたのも覚えてます。

私はそんとき、まだ親父に愛人がいるってこと知らなかったというか、愛人という概念もわかってないくらいの頃でしたから、この人、新しい家政婦さんで子守の練習させられてんかなと思ってました。途中で親父が疲れたとかでどっかで休憩してて、幾つかのパビリオンは朝比奈さんと二人で回ったんで、余計、そう思えたんですよ。

うちでは普段、子供の面倒をみるのは家政婦さんと家庭教師で、お袋はたまにご飯つくったり学校の運動会や何やら見に来たりしましたけど、親父はほぼノータッチでした。

万博で特に覚えてるのは三菱未来館ですかね。朝比奈さんと二人で入ったんです。動く歩道で進んでくと、全面のスクリーンにいろんな映像が映るんですよ。火山とか台風とか。それ見た朝比奈さんがきゃあきゃあ声上げてて。ええ、僕も楽しかったですよ。

ああ、そうそう。その三菱未来館から出てきたところで、朝比奈さんに言われたんですよ。「一度でええから、お母ちゃんて呼んでくれん？」て。

私、深く考えず言われるまま「お母ちゃん」て呼びました。そしたら朝比奈さん私のこと抱きしめて「ありがとう」て。たぶんあのとき泣いていたと思うんですよね。それから「ワガママに。自分の好きに、生きてな」とも言ってました。

あの日の朝比奈さんの言葉や態度の意味が、何となくわかるようになったのは、もう少しあとです。中学生になったくらいですかね。

そもそもお袋の私に対する接し方が、兄貴らへのそれとやっぱ違ったんですよね。歳が離れた末っ子って特別可愛がられそうなもんでしょう。なのにむしろ私にはちょっとそっけないくらいでね。

たとえば……そう、小学校の図工の時間で母の日に合わせて母親の似顔絵、描くじゃないですか。兄貴らが描いたのは、額に入れていつまでも飾ってたんですよ。でも私が描いたのは、ちょっとお気に召さなかったみたいなんですよね。見せたら「これじゃ私、宇宙人みたいだわ」て。兄貴らに比べると私、絵はずいぶん下手くそで、お袋の顔を黄緑に塗りたくったりしたもんでね。もちろん悪気はなかったんですよ。でもお袋、箱にしまって保管はしてくれたんですが、飾ってくれなかったんですよね。あれは寂しかったなあ。

ふふ、まあ子供の頃の些細なことなんですけどね。こういうことっていつまでも覚えてるもんなんですよね。

あ、でも、優しくしてくれることもたくさんありました。テストの点がよかったときなんかよく褒《ほ》めてくれたし、運動会には、手作りのお弁当持ってきてくれました。それでもね、兄貴らとは扱いが違うことは、わかりますんでね。そういう部分って、子供は敏感ですから。

そうこうするうちに、親父が女遊びをしてたらしいなんてこともわかるようになって、一緒に万博行った女性は、親父の愛人だったのかな。あれ、あんなこと言ったってことは、もしかしたら……あの人が本当の母親だったりするのかな、とね。

ただ、私がそういう疑問を持つ頃には、親父はこの世からいなくなっていました。お袋は立派なもんで、ずっと私に「あんたは私の子よ」と言い続けました。当時の秘書が出産の手配をしたので、すべて把握していたはずですが、彼もさすが親父が右腕にしていた人です、何も言わず、鬼籍に入りました。

それでもまあ、そもそも妊娠してなかったわけで、私がお袋の実の子じゃないってことは、知ってる人はみんな知ってるんですよね。グループ内にも噂が流れてましたし、兄貴たちからは何かにつけて「おまえは妾腹や」って言われました。

でも私が朝比奈さんの息子である一〇〇パーセントの証拠はないんです。別にDNA調べたわけでもないので。秘書が口をつぐんだので、私を取りあげた医者や産婆もわかりません。今更、確かめようもないです。

ああ、はい、親父が死んだのは一九七一年。あの万博の翌年です。

事故でした。

ほら親父はよく独りで山に登ってたって言いましたでしょう。その日も、大阪と和歌山の境にある犬鳴山《いぬなきさん》の天狗岳という、修験道《しゅげんどう》の行場《ぎょうば》になっている山に登りに行ってたんです。ええ、秘書も連れて行かずにです。独りで「修行」してると、ビジネスのアイデアが閃くことがあるとかで。

親父はちょうど還暦を迎えたばかりで、今だと六〇歳くらいでもまだ中年の範疇《はんちゅう》かもしれませんが、当時の感覚だと六〇過ぎたらお年寄りですからね。行場だけに険しいとこもあるんで、独りで何かあったらって心配する向きもあったんですが……。本人は危ないとこには行かん、ちょっとしたハイキングみたいなもんだって言ってましてね。直前の健康診断の結果も良好で、担当した医師からも身体は三〇代と変わらない、まだまだバリバリ働けるなんて、太鼓判押されたそうで、周りもどっかで大丈夫やろうって思ってたらしいです。

まさか、あんなことになるとはね。いくら健康でも、事故は防げんのが道理と言えば、まあその通りなんですが。

ええ。親父は名の知れた財界人ですから、少しだけ報道もされましたよね。山頂附近の岩場から、滑落というんですか、谷底に落ちてしまって……。

夜になっても帰って来なくて、ただ、山登る日はいちいち何時に帰るって告げないで、どっかでぷらっと飲んでから深夜に戻って来るなんてこともあったんでねえ。ほら、今なら携帯電話で確認したりってこともできますが、あの頃はそんなものありませんしね。それでも、それ以前は朝まで帰らないことは一度もありませんでした。だから、三時、四時くらいになっても帰って来ないので、何かあったのかとなって。グループの幹部が集まって、警察にも相談行って……て、私はずっと子供部屋で寝てたんで、あとになって側近から聞いた話ですがね。

結局、夜が明けるまで親父は戻ってこないで、朝イチから山に捜索が入って……遺体が見つかったのは、昼過ぎだったそうです。発見時で死後丸一日くらい経過していたということでしたから、みんなが心配し始めた頃にはもう親父は死んでいたんです。

時期も悪く、見つかったとき身体の一部を野犬やらに食われてて、死亡状況がよくわからなくなっていたらしいです。ただ、落ちてた場所からして、岩場に登って景色を見ていたら足を滑らせたのではないか、とのことでした。

実は……最初のうち警察は他殺の線も調べていて、お袋のことを疑っていたようなんですよね。

事故の少し前から、親父はお袋と離婚しようとしていたらしいんですよ。

まだお袋にはっきりと切り出す前だったんですが、親父は側近連中や弁護士に、離婚時の財産分与を相談したり根回しらしきことをしてて、そのことはお袋にも伝わっていたんです。

親父が離婚をしたがった理由はわからないんです。愛人だった朝比奈さんを正妻として迎え入れるためだったんじゃないかって言われてますが、親父が周りに具体的な話をする前に事故に遭ってしまったので。

ともあれ、お袋には動機があると思われたんです。感情的な面でも、実利というか地位や立場の面でも。瀬川の妻の座を失ってしまうわけですから。

けれど当日、お袋にはアリバイがあり、また人に頼んでやらせたというような形跡もなく、更に現場からも他殺を示すような証拠らしい証拠も出ずで、事故ということになりました。まあ、お袋は親父に対して複雑な思いを抱いていたでしょうし、そりゃ今更離婚されたくなかったでしょうが、人殺しなんて大それたことをする人とは私にも思えません。やっぱり、事故だったんだと思いますよ。

ともあれ親父が亡くなったことで、瀬川と朝比奈さんの接点は切れました。

それで親父が死んだあとの家は、私にとっても正直居心地はあまりよくなくて……。別に邪険にされるわけでもないんですが、お袋も私との距離を測りかねているような感じで。まあ思春期の男子と母親なんて、そもそも距離感難しいかもしれないですけどね。私も自分がお袋の実の子じゃないとわかってくると、お袋はただ成り行き上、俺の母親を演じているだけで、俺のことを愛してないんだろうなって、思うようになってしまって。

それと私、勉強は得意な方で中学からは私立の進学校に通っていたんですが、その分、受験戦争への圧も厳しくてね。正直、そっからの逃避という意味もあったと思うんですが、高三のとき、アメリカの大学に留学したいって言い出して……そしたら、お袋もどっか安心したように「あんたは海外で自由にやるのがいいかも」なんてね。

それで、アメリカに留学したんです。カリフォルニアです。

最初のうちは結構いい調子だったんです。同じ日本人留学生の仲間もできてね。何より、西海岸はいい意味で開放的な雰囲気がありました。私が行ったのは七九年でした。ベトナム戦争も終わって、ヒッピームーブメントも下火になってはいたんですが、その名残はまだまだあって、もう時効でしょうから正直に言いますが、マリファナの味を覚えて、ちょっと身を持ち崩したりなんかしました。

それでもどうにか大学は卒業して、お袋や親戚からは日本に戻って瀬川で就職するよう言われてたんですが……アメリカに残りたいって言い張って。映画好きが高じたというのもあるんですが、せっかくカリフォルニアまで来たならハリウッドで仕事したいって思いまして。

ずっと前に一緒に万博行った実の母親らしき人——まあ、朝比奈さんですが——に言われた「ワガママ」って言葉が思い出されましてね。自分の好きに生きるんだって。気分的には家出というかね、裸一貫でアメリカで一旗揚げてやるって、そんなことを本気で思っていたんですけどね……。

甘くはなかったです。何とか映画産業に入り込んでやろうと思って、いろいろやったんですが、どれも上手くいきませんでした。一時期は血迷って役者になろうかなんて思ったりもしたんですけどねえ。もちろん箸にも棒にもでしたよ。結局、一番長く続いたのは、撮影スタジオ近くの食堂の皿洗いですよ。

瀬川なんて言っても、向こうじゃあ誰も知らないし、ただの怪しい東洋人でしかないということなんです。これまで自分が下駄を履かされていたことを思い知りました。

時期もよくなかったのかもしれません。私が大学を出た八〇年代の前半は、日本の工業製品が世界を席巻し始めた頃だったんです。ウォークマンやＶＨＳビデオ、それからなんといっても日本車ですね。

そこら中に日本車を扱うカーディーラーができて、ウォークマンで音楽を聴きながらジョギングする人を見かけたりするようになるのは、日本人としては鼻が高かったです。私が子供のとき、東京オリンピックや大阪万博があって、日本も先進国の仲間入りをしたなんて言われていたのが、いよいよ、アメリカと肩を並べたかって思えましたから。ただ、それが面白くないアメリカ人もたくさんいてね。

いわゆるジャパン・バッシング。アメリカの労働者が、日本車を壊す映像が有名ですが、まさにあの時代です。もともとアジア人差別はあったんですが、年々、風当たりが厳しくなっていって……。

情けない話ですが、数年で音を上げて日本に帰ることになったんです。

お袋はそんな私を温かく迎えてくれました。兄貴らはかんかんに怒ってて、妾腹のくせに好き勝手してたやつは勘当してしまえと言ってたんですが、お袋がそれを説得して仲を取り持ってくれたんです。兄貴らとまったく違う経験をしているからこそ瀬川にとってもも貴重なんだって。そして傍流とはいえ瀬川グループに私の居場所をつくってくれたんです。

まさに放蕩息子の帰還を地で行くような出来事でした。

日本に帰って来たその夜、お袋、「お米が恋しいでしょう」て、おにぎりつくってくれたんですけど、それが昔、小学校のときに運動会に持ってきてくれたお弁当のおにぎりと同じ味でね。

こんとき気づいたんですよね。なんだよ俺、愛されてたじゃないか、って。

お袋、成り行き上、母親の役割を演じようとしてただけじゃなくて、一所懸命、俺を愛そうとしていたんだって、ようやっと気づいたんです。

それでね、朝比奈さんが言っていた「ワガママ」ってもしかしたら、こういうことかもしれないって思ったんですよ。一度好き勝手やって痛い目みて、自分の限界を知ったとき、初めてすぐ傍にあったもののかけがえのなさがわかるっていう——感傷的すぎるかもしれませんけどね。

そっから私はお袋の思いに応えられるよう、精一杯やりました。ええ、八〇年代の後半から九〇年代にかけて瀬川グループが、映画をはじめとした文化事業に積極的に出資していたのは私の発案によるものです。私の希望もあり、映画のスポンサーはずいぶんやりましたし、瀬川芸術賞や、瀬川ミュージアムをつくったりね。

直接利益をあげるような事業ではありませんでしたが、瀬川のブランドイメージの向上には多少なりとも貢献できたと思っています。そこはお袋だけじゃなくて兄貴らも認めてくれるようになりました。

まあ、時期に恵まれたという面は、少なからずあるとは思いますがね。

私が帰国した直後から、日本でバブル景気が始まったんですよ。

どうしてバブルが起きたかは、私も経済学者ってわけじゃないので詳しくはないんですが、プラザ合意による円高と、その後の日銀の金融緩和がきっかけになったと言われることが多いですかね。私もその説明で納得はしています。

プラザ合意というのは、八五年の九月にニューヨークのプラザホテルでG5が交わした合意で……て、G5なんて今は言いませんよね。たしか、アメリカ、日本、フランス、イギリス、西ドイツ、でしたっけね。西側先進五カ国会議。ははは、西側、という言葉も久々に言いました。まだあの頃はソ連もベルリンの壁もあったんですよね。

ともかくこのプラザ合意で、協調介入、各国で、円高ドル安にレートを誘導するよう、為替介入することが決まったんです。

世界の基軸通貨であるドルの相場を安定させるというのが建前でしたが、実際のところは、アメリカが主導し日本に呑ませた、アメリカのための合意だったんです。

私が向こうで体験したように、当時は日本の製品がよく売れたことでアメリカでは日本に対する国民感情がとても悪くなっていました。それほどまで日本の製品が売れる理由として槍玉に挙げられたのが、円安ドル高です。当時は一ドルが二百何十円ですから、確かに円は安かった。それを是正して、日本の製品の値段を上げてアメリカで売れなくしようというのが狙いだったんです。

日本だけが一方的に不利になる合意なのにまったく揉めず、すんなりまとまったそうですね。当時、アメリカの大統領はドナルド・レーガン。あ、そう言えばレーガンのスローガンって知ってますか。「偉大なアメリカを取り戻せ《メイク・アメリカ・グレート・アゲイン》」なんですよ。ふふ。歴史は繰り返してますよね。

対する日本の総理大臣は中曽根康弘。貿易摩擦があるわりには、首脳同士は仲がいいようで、親密さをよくアピールしてました。ロナルドと康弘でロン・ヤスなんて言われてたんですよ。

ただ、こういう合意を簡単に呑まされるのを見ると、やっぱり日本とアメリカは、戦争に負けた国と勝った国。日本はアメリカの子分なんだと思えてしまって、情けない気分になったものです。私自身が、向こうで夢破れて帰って来てますから、余計ね。

このプラザ合意が結ばれると、その日のうちから円は上がり始めて、あっという間に一ドル二〇〇円ほどになります。当然日本の輸出産業にとっては打撃になり、その年の暮れには日本は円高不況と言うべき状況に陥りました。

それに対処するために日銀は八六年から金融緩和に踏み切ります。

具体的には公定歩合を段階的に引き下げたんです。あ、公定歩合っていうのも、今はない言葉ですね。日銀が金融機関とやりとりするときの金利。つまり政策金利のことです。今は限りなくゼロに近いゼロ金利で、当座預金にいたっては金利をマイナスにしていますが、あの頃は公定歩合が五パーセントもあったんですよ。

これはいわゆる引き締め状態。お金が出る水道の蛇口をぎちぎちに閉めていたようなものなんです。それを緩和した。つまり蛇口を開くがごとく、公定歩合を引き下げたんです。すると、それまでの反動のように市場に金が流れ出しました。日銀が狙ったのは景気の刺激です。世の中の金回りをよくして消費を喚起し、円高不況の影響を相殺《そうさい》しようとしたんです。

しかしその思惑を超えて、流れ出したお金は投資に向かいました。当時、円高の影響もあり割安と思われていた日本の株と土地に、大量の資金が流れ込んでいったんです。投資が投資を呼び、日本で地価と株価の暴騰、バブルが始まりました。

さすがにこのことはロンもヤスも想像してなかったでしょうね。

いえ、これらは全部後知恵の耳学問ですよ。当時の私はまったくわかってませんでした。とにかく日本に帰って来たらどういうわけか景気がよくなって、瀬川グループも、ちょっとした金余り状態になったんです。私が提案したような文化事業はとてもやりやすく、ただただありがたがるばかりでしたよ。

同じ頃、朝比奈さんも世間で注目されるようになりました。

バブル景気が始まる直前、ちょうど私が帰国した頃に、千日前の彼女の店『春川』が金色に塗られたビルに建て替えられたりして、その時点でかなり目立ってはいたんです。その後、バブルが来ると彼女は投資で成功して〝北浜の魔女〟なんて呼ばれるようになって、瞬く間に時代の寵児のようにもてはやされるようになってゆきました。私はすぐに気づきましたよ、あの人だ、と。

私は帰国後、お袋との関係がよくなったことで、もう戸籍にある通り、自分はあの親父とお袋の子でいいじゃないかと思うようになっていました。でも、やっぱり自分の実の母親かもしれない女性ですからね、気にはなりました。

表立って関わったりしたら、お袋やグループに迷惑がかかるかもしれないので、遠くから眺めるじゃないですけど、彼女を紹介する記事が出ている雑誌を買ったり、それとなく金融機関の人間に噂話を聞いたりはしてたんです。

金融業界の人たちは、彼女の言う〝うみうし様〟云々《うんぬん》は半信半疑でも、みんな感心している様子でした。大した相場師だって。一度の売買が数十億から数百億にものぼり個人投資家とは思えないほど大きいので、取引できるものなら是非したいと、口を揃えていましたよ。けれど、朝比奈さんは特定の人としか取引をしないとかで。ああ、そうそう『春の会』です。メンバーに私が直接知っている人はいませんでした。そういう会があること自体、雑誌の記事で知ったくらいです。

そうですね。たぶん投資の元手は、親父の金だったんでしょうね。

親父が朝比奈さんに貢いだ金はトータルで二〇億くらいらしいです。もちろん、帳簿には載らない金ですから、死後に発覚した使途不明金からの概算なんですけどね。でも、バブル期の朝比奈さんの資産は数千億とか下手したら兆の単位だったらしいですから、仮に二〇億を親父からもらっていたとしても、そこまで増やした才覚は、やっぱりすごいと思います。

まあ、最後は、あんなことになってしまいましたがね……。

ええ、日本のバブルはおよそ四年ほどで崩壊しました。いつのどの時点をもってバブル崩壊と言うかは、人によって違いますが、株価に関して言えば、景気動向指数などの指針ではまだバブルの最中とされている一九九〇年から、下落に転じています。

言いました通り、私は朝比奈さんと直接は関わってないですし、彼女がどんな投資をしていたか具体的には知りませんでした。けれど、取引の規模からいって、巨額の含み損を抱えているだろうことは想像できました。

そうこうするうちに、例の自殺騒ぎがあって。はい。九一年の七月です。東亜信金の支店長だった真壁《まかべ》という人ですよね。『春の会』の幹事だったっていう。朝比奈さんの損失を埋めるために、預金証書の偽造を、それも四〇〇〇億円分も、していたとかで。もちろん私は報道で初めて知りました。ええ、真壁という人とも面識はないです。東亜信金自体、瀬川とは取引はなかったはずです。

でも大阪というのは狭い街ですからね。疑惑が報じられるようになると、その真壁さんと朝比奈さんは愛人関係にあったとか、朝比奈さんの店『春川』が閉店するらしいとか、府警が朝比奈さんの逮捕に動いてるとか、そういう噂話がちらほら私の耳にも入ってくるようになって……。

それで私、一度だけ朝比奈さんの店、『春川』に行ったんです。

朝比奈さんを自分の母親と思うような気持ちは正直なかったんですが、やっぱり気になってしまって。

九一年の八月……一一日、はい、あの事件が起きる直前でした。

そのときの『春川』はもう八月いっぱいで閉店することが決まっていて営業も縮小していました。五階建てのビルの四階までが『春川』の店舗だったんですが、一階部分だけしかやってなかったんです。看板の灯りも落としていて、改装したばかりのときは、まるで金箔を貼ったようだったビルも、全体的にくすんでしまっているように見えました。

そんなですから、最初はもう閉まってるのかなとも思ったんですが、店の中は灯りが点いてて、入っていくと、一応、やっているみたいでした。

一階のフロアはカウンター席だけなんですが、ちょうど朝比奈さんもいて、「いらっしゃい。あら、一見さんね」なんて、世間で疑惑だなんだと騒がれているのが嘘みたいな明るい感じで迎え入れてくれました。

私とは気づかなかったみたいです。さすがに子供の頃とは顔立ちは変わっていたし、髭も生やしていましたからね。こちらも名乗りませんでした。何も知らず、たまたま訪れた客を装ったんです。

朝比奈さんは気さくに話しかけてきて、お酒を飲みながら少しだけ世間話をしました。私が何も知らない振りをしていたら、朝比奈さん、自分から、投資で下手打って今月いっぱいで店を閉めることにしたって、笑い話みたいに話して。「とんでもない額の借金があるんよ」って、あっけらかんと言ってました。その調子に、むしろ私が呆気にとられてたくらいです。

それで私、やっぱり知らない振りして「女将さんに家族はいるんですか？　子供さんは？」って、訊いてみたんです。

そしたら「おらんの。ずっと独りよ」と。それからカウンターの奥にいる板前二人を指さして「でも、あの二人が家族みたいなもん」って。若い板前と年嵩《としかさ》の板前で、閉店が決まってから他の従業員にはみんな辞めてもらって今は三人だけで店を回しているとのことでした。

年嵩の方はお店を開いたときから、ずっと板長を任せている人で、若い方は住み込みで働いてもらってて息子みたいに思っている、と。この店は閉めることになるけど、そのうち、どこかで三人でやり直そうと思う――なんて意味のことを話していました。

それを聞いて、私のことがまるでなかったことにされているのは少し寂しいような気もしたんですが、まあそれはお互い様ですし、元気そうで何よりと。ええ、周りで自殺者が出てて逮捕間近なんて噂も流れていたんで、そんな暢気な状況じゃなかったんでしょうが、そのときはそう思ったんです。

いや、その二人の板前とは直接話はしていません。年嵩の方は朝比奈さんと同い年くらいでいかにもベテランの職人という雰囲気で、若い方は華奢《きゃしゃ》でぱっと見、女性か男性かわからない感じではありました。でも息子みたいと言っていたから男性なんでしょうね。

ああ、そうです、そうです、この若い方の板前は朝比奈さんの疑惑を報じる記事で、彼女と一緒に写真に写っている人だったんです。それは帰ったあとに気づきました。

正味一時間くらいでしょうか、店にいたのは、あとは大した話もしませんでした。言いましたように朝比奈さんはやり直しを図る様子でしたので、その直後、事件が……、ええ、朝比奈さんが人を殺して逮捕されたとニュースで知って、驚きましたよ。

報道以上のことは何も知りません。殺されたのはそれ以前に彼女との接点がまったくない、その日お店をたまたま訪れただけの人だったとかで……だったら、ほんの少しタイミングがずれていたら私でもよかったのかな、なんて思ったりもしました。

いや、でも、私が店で会った朝比奈さんはとてもその数日後に人を殺すようには思えませんでした。ほんの一時間くらい話しただけの印象でしかないですが……。

え、ああ、いいですよ。何です？　何でも訊いてください。

あ、いや……驚きました。よくわかりましたね。私、今日、その話、してないですよね？　どうして……。

ああ、そうか。あの話から。ええ、私みたいな人間にはよくあることらしいです。

いや、それはわかりませんけど。そうですね、血が繋がっているんだから、もしかしたら朝比奈さんも私と同じなのかもしれませんよね。

7 宇佐原陽菜

すみません。水を一杯いいですか。

ずっと喋っていたら少し喉が渇いてしまって……。

あ、見てください、このグラス、東京オリンピックのやつなんです。ほら、ここに〈TOKYO2020〉って。去年のクリスマスに、お店でもらったんです。さっき話したバイト先のガールズバーです。いえ、お客さんじゃなくて、お店から。女の子たちに、クリスマスプレゼントだって。何かと思ったら、こんなグラスが一個だったんで、みんな、ケチだの安物だのって、文句言ってましたよ。

まあでも、思いがけずレアになったかもしれませんよね。延期になって。もしかしたら中止になるかもしれないけど、どちらにせよ今年、二〇二〇年はオリンピックやらなかったんですから。

ちょうど前の東京オリンピックの年だったんですよね。ハルさんが自分のお店を持ったのは。

田舎から出てきたハルさんが、ホステスをして稼ぐようになって、やがて自分の店を持ってと、階段を上るように豊かさを手に入れていった当時は、日本という国自体も目に見えて豊かになっていったそうです。

戦争が終わったときにはどこもかしこも焼け野原だったのに、オリンピックをきっかけに高速道路や新幹線ができて、その六年後には大阪で万博が開催されて。そのオリンピックや万博で海外からたくさんお客さんが来るから恥ずかしくないようにって、街並みもどんどんきれいに整備されて。大阪の地下鉄は次々に新しい路線が開通して。普通の人でも車や家電製品を持つようになって。暮らしは便利になっていって……。

気がつけば日本は先進国の仲間入りを果たして、経済大国なんて呼ばれるようになっていたそうです。

でも、やっぱり私にはピンと来ないんですけどね。

私が生まれたときから、高速道路も新幹線も当たり前にありましたし、日本は先進国で世界でも有数の経済大国でしたから。『メギドの民』のキャンプでは、だからこそ、日本は特に堕落しているなんて教わったくらいです。

ハルさんが子供の頃はそこら中焼け野原だったなんて、実感湧かないんですよね。でも私は日本が豊かな国だというのは知識としては知っていましたが、自分の暮らしを豊かと思ったことは一度もなかったです。教団にいた頃も、彼と駆け落ちしたあとも……。不思議なものですよね。たぶん子供時代の私は、ハルさんの子供時代より、だいぶ恵まれた暮らしを、ええ、教団にいたことを差し引いても、恵まれた暮らしをしていたはずなんです。なのに豊かだなんて思えなかったんですから。

オリンピックと言えば……教団ではオリンピックは悪魔の祭典だと言われてました。だから私、小学生くらいの頃まで、それを真に受けてとても怖いものだと思っていたんです。平和なスポーツの祭典、なんですよね。本当は。

それもあって私、オリンピックって観たことないんです。教団にいる間は、観せてもらえなかったし、彼と駆け落ちして教団を出たのは二〇一二年のロンドンオリンピックが終わったすぐあとで、次のオリンピックが始まる前に刑務所に入ってしまったので。刑務所にはテレビの時間があったんですが、中継を観ることはできず、ニュースで日本人が活躍した競技の結果を知るのがせいぜいでした。

だから今年の東京オリンピックははじめてちゃんと観戦できるのかなって。もちろんテレビでですけど、ほらこのグラスでジュースでも飲みながら。そんなふうに思っていたんですが、まさか、こんなことになるとは思いもしませんでした。ええっと、二〇二五年でいいんでしたっけ。大阪で万博をやるのって。あっちはちゃんとできるんでしょうかね。

それにしても東京で二度目のオリンピックをやったあと、大阪で万博をやるって、五〇年以上前の出来事をなぞっているように思えますけど、偶然なんかじゃないですよね。よく「日本を元気にする」なんて言われますけど、昔、日本が元気だった時代の出来事をもう一度繰り返すことで元気になろうって、そういうことなんですかね。だとすると今の日本は元気じゃないってことになりますよね。元気の反対はたぶん病気だと思うんですけど、今の日本は病気ってことなんですかね。

ふふ、すみません。また話が逸れましたね。

えっと『春川』を開いた話でしたよね。ハルさんは「場所は千日前、大阪のど真ん中や」って言ってましたけど、刑務所で聞いていたときは、私、千日前ってどこかよく知らなくて。それで、出所したあと行ってみたんです。

そしたら、本当にど真ん中というか、ときどきテレビで見たことのあるグリコの看板がある橋が近くにあって。まだコロナで大騒ぎになる前でしたから人がすごくたくさんいて、とても賑やかな繁華街でした。

『春川』があった場所には、マンションが建っていました。不動産のことなんか私にはわからないですけど、こんな場所の土地を買ってお店を開いたんだから、さぞかしお金がかかったろうとは思いました。

会長はこのお店を出す資金と当面の運転資金――具体的にいくらかは聞きませんでしたが、やはり億単位なんだと思います――をハルさんに支援しました。

そこまで厚く支援したのは、単にハルさんが愛人だったからというだけではなく、彼の子を産んだからです。お店を開く四年前と言っていましたから、一九六〇年だと思います。

その前の年の暮れ、ハルさんは会長の子供を妊娠しました。

望んだわけではなかったようです。きちんと避妊もしていたのに。それでもできてしまったそうです。

私、恥ずかしながら全然知らなかったんですが、避妊具を使った避妊って絶対確実ってわけじゃないんですね。ちゃんと使っているつもりでも失敗してしまうことがあるんだとかで。

ハルさんは本当は堕胎したかったそうです。ハルさんには母親になりたいという気持ちはありませんでした。

ハルさんは、お金をたくさん持っていて自由でワガママな会長のことが好きでした。異性として。彼はセックスも自由で……ふふ、自由って具体的にどういうふうにしていたのか、詳しく聞きはしませんでしたが、とにかく会長と交わるのはとても気持ちよかったそうです。ただし決して赤ちゃんが欲しくてしていたわけではありません。彼だってそうです。だから避妊をしていたんです。

ハルさんは、不公平な気がしたそうです。男女二人が合意の上で行う行為のはずなのに、妊娠のリスクを女性だけが負わなきゃいけないことが。日本で一般的なコンドームによる避妊をする場合、つけるのは男性だから、本当なら責任は、むしろ男性の方が重いのかもしれません。少なくとも女性だけが、妊娠という人生が変わってしまうくらい大きな出来事を背負わなきゃいけない理由はないはずです。思えば、女性にだけ定期的に生理があって、血が出たりお腹が痛くなったりするのも不公平です。

私自身は、妊娠したことはないのですが、ハルさんの言っていること、すごくわかるし、正しいと思えたんです。

私、結構生理が重いんです。二日目なんてできれば一日中寝ていたいくらい。でも駆け落ちして彼と一緒に暮らしていたときは、そんなことできませんでした。無理にでも仕事や家事をしないと、いや、それどころかだるそうにしているだけで、なじられ、殴られたんです。

しかもそのときは、私、ちゃんとできない自分が悪いって思い込んでたんです。悪いことなんて何もしてないのに。自分は経験したこともないくせに、私を責める彼の方が悪いんです。いや、そもそも、女性にだけ生理なんてものがあるのが不公平なんですよ。こんなふうに世界そのものが理不尽を押しつけてくることにこそ、ハルさんは怒っていました。

堕胎したって女性の身体にだけ負担がかかってしまうんです。けれどこれだけ不公平なんだから、そのくらいは自由に選ぶのが当然の権利とハルさんは思っていました。しかし会長は反対しました。せっかく授かった命を無駄にしてはいけない、堕胎は殺人なんだと。自然信仰に傾倒しているからか、命というものに過剰にロマンや神秘を感じるところが、会長にはあったんです。

ハルさんはやたらと命の尊さを強調する会長を腹立たしく思いました。だってハルさんからしてみたら、お腹の中の子はまだ自分の身体の一部なんですから。それがどれだけ尊いものだとしても、どう扱うのもハルさんの自由のはずだと思えました。

ハルさんはかつて結婚していたときは子供ができないことで悩んでいたのに、このときは子供ができたことで悩むことになりました。つくづくままならないものだと思ったそうです。

ハルさんが自分は母親になどなる気はないときっぱり告げると、会長は、ならば生まれてくる子供は自分が預かる。奥様を説得して正式な子供、嫡出子として自分の家に迎えるとまで言うのです。

出産するために仕事を休んでも差し支えないよう手配するし、言う通りにしてくれたら、好きなところに店を出させてくれると言いました。

最終的にハルさんは、これも会長からお金を引っ張るための手段、取引なんだと割り切り、子供を産むことにしたんです。

しかしこの出産という経験は、想像もしなかった恐怖と悲しみをハルさんに与えました。

ハルさんが赤ちゃんと一緒にいたのは初乳を与えるため、四日だけだったそうです。最初からそういう話で、ハルさんも納得していました。

母親になる気のないハルさんにとっては、つわりも、そのあとのどんどんお腹が重くなっていくことも、胸が張ることも、ただの負担、あるいはお店という対価を得るための苦労としか思えませんでした。本当は生まれたらすぐに渡してしまいたいと思っていたくらいです。お医者様が、子供の健康のために初乳はあげた方がいいと力説するので、取引のうちと思い、応じることにしたそうです。

けれど……。

実際に分娩を終え、生まれた子を抱いてお乳をあげているうちに、思ってもいなかったことが起きました。胸の内側に、この子は自分の子だという思いが湧いてきたんです。

この子をずっと抱いて、守り、育ててゆきたいとすら思っている自分を、ハルさんは発見したんです。

愛情です。

ハルさんはたしかに赤ちゃんに愛情を抱いたんです。そして別れるときは、文字通り身体の一部をえぐり取られたような喪失感と途方もない悲しみに襲われ、人目も憚らずわんわんと泣いてしまったというんです。

これはとても恐ろしいことでした。

だってハルさんはまったく望んでなかったんですから。

母親になる気などなく、損得だけで産んだはずの子供だったんです。なのに、そんなふうに思ってしまうなんて。ハルさんは出産という経験によって暴力的に自分を変えられてしまった気がしたんです。欲しくもなかった母性を植え付けられてしまった気がしたんです。

世間では子供を授かり産むことは、めでたく神聖なこととされています。それは間違いではありません。子供が増えなければいつか人類は滅んでしまいますしね。そんな大げさなことを考えずとも、子供を欲しがる人は多くいます。欲しいものを授かるのはめでたいことです。

けれど、この世にはそうではない妊娠や出産もあります。必ずしも望んだわけでもないのに、条件さえ揃えば、自分の身体の中に他人の命が宿ってしまうのです。そして身体はその命を育てるために造り替えられ、あまつさえ、心までその命を愛するように変えられてしまう。これって、望まない人にとっては、すごくグロテスクなことじゃないでしょうか。

ハルさんが怒っていたのは、まさにこういうことです。望まぬものを問答無用で押しつけてくる、この世界の理不尽さです。

しかし会長は、ハルさんの怒りには気づきませんでした。

それどころかハルさんを不憫に思ったのか、ときどきその子の写真を見せたり、家での様子を教えてくれたりしたそうです。会長はごくごく単純に、口では母親になる気はないと言っていたけれど、実際にお腹を痛めて産んだ子はやはり可愛いのだろうと思っていたようです。

このときからハルさんは、自分がワガママに生きるはずだったのが、会長のワガママを叶えているだけじゃないかという疑念を抱くようになったんです。

ともあれ会長は約束を守りました。

出産を終えたあと、どうせだったら一等地に店を出したいというハルさんの希望を受け、千日前の老舗《しにせ》旅館が売りに出されるのを待ち、それをハルさんの名義で買い取り料亭『春川』を開店させたんです。

けれど先ほど言ったように、会長はあれこれと口を出してきました。店構えだって、ハルさんはもっと派手にしたかったのに、会長の好みで元の旅館の趣を残した渋いものになりました。結果的にそれが正解だったのかもしれませんが、子供を産むという大仕事さえこなしたのに我慢を強いられることは、ハルさんにとっては苦痛でした。

その上、会長はハルさんからしたらとても受け入れ難いようなことを考え始めたのです。

ハルさんが会長の子を産んでから一〇年ほどが過ぎた頃、万博がありました。一九七〇年の大阪万博です。

もともとハルさんは会長と二人で行くことになっていたんですが、会長はその場に子供を連れて来たんです。ハルさんが産んだ子です。

その子はもうすぐ一〇歳になるところでした。もちろんハルさんが実の母親であることなど知らぬ様子でお手伝いさんか何かと思っているようでした。

おとなしく賢そうな子に育っていたといいます。

こうして不意打ちのように我が子に会ったにも拘わらず、強い感情は湧いてきませんでした。産んだ直後のような愛情も湧きませんでした。

一〇年という時間は短くありません。ときどき会長から様子を聞かされていたものの、それだけ長い間離れていて、よその家庭で育った子は、きっともう他人なんでしょう。

少なくともハルさんにとってはそうでした。

そしてハルさんはこんなふうに時間により母性が消滅してしまう自分はやはり母親に向かない人間なんだと、改めて悟ったのです。

万博の会場でハルさんは、会長の目を盗み、その子に一度だけ「お母さん」と呼んでもらいました。それは確認でした。自分がその子にもう愛情を感じていないことの。実際、まったく心は揺れず温かい気持ちになるようなこともありませんでした。

可愛らしいとは思ったそうですが、それはその辺にいる子供を可愛らしいと思うのとまったく同じことでした。

それを確かめることができたのは収穫でした。すっきりしたハルさんはその子に、私は私で好きにするから、あなたも好きにしなさい、という意味のことを告げたといいます。

しかし会長はそんなハルさんとは、ある意味で正反対のことを考えていました。

会長はハルさんを妻として一族に迎え入れたい、つまり、奥さんと別れて、ハルさんと結婚すると言い出したのです。

子供と会わせたのは、ハルさんの母心を刺激して正式にあの子の母親になりたいと思わせるためだったようなんです。

もともと会長は〝うみうし様〟をその身に宿しているというハルさんを特別な女性と

思っていました。だからこそ自分の子を産ませ、店も持たせたんです。

そして更にその後の一〇年で、会長はとんとん拍子で出世して、あっという間に企業グループの会長まで昇りつめたんです。

あげまん、って言うんですか？　私は知らない言葉でしたが、付き合った男性の運気を上昇させる女性のことなんですよね。会長は、ハルさんをそのあげまんだと信じ込みました。そしてハルさんをずっと自分の元に置きたいと思うようになったんです。

ハルさんに言わせれば、それはたまたまだそうです。〝うみうし様〟はあくまでハルさんの守り神であり、会長の出世を助けたりはしません。

会長はもともとそのグループの創業者一族ですからね。出世しそうな男に近づいたら、本当に出世した。それ以上でも以下でもないとハルさんは言っていました。

でも会長は何がなんでもハルさんと結婚する気でした。

何一つ苦労はさせない。店の経営も続けていいし、これからはもっと支援すると約束しました。

奥さんや他の家族からしたら、ずいぶんと身勝手な話ですよね。そしてハルさんにとっても決してありがたいことではありませんでした。

ハルさんは会長のことを愛していました。そうでなければ、いくらお店が持てるからといって、子供まで産みはしませんでした。会長への愛情がなければ、子を産めと言われた時点で関係を清算して、また別のパトロンを見つけるなりの方法で店を持つことを目指していたはずです。

会長は会長でハルさんを愛していたのも間違いありません。

愛する者同士が家族となり次世代に子を残してゆく、そういう神聖な営みと信じて結婚することはきっと尊いのでしょう。

けれどハルさんは違いました。ハルさんには、結婚は愛情の名の下に人の自由を奪う制度としか思えなかったんです。

特に会長と結婚したらいよいよ支配されてしまう。この理不尽な世界に復讐することができず、収まらない怒りを抱えたまま、ワガママに好きなことをする会長のことを、ただ見守ってゆくことになってしまうと、思ったんです。

ハルさんは、今度ばかりは譲らないという覚悟で、会長と結婚する気はないことを伝えました。そんなことをして、奥さんや家族に迷惑をかける必要はないと、説得しました。

しかし会長はハルさんが憧れたほどのワガママな男です。やると決めたことは、必ずやる人なんです。

会長はおとなしく自分の言う通りにしないと、店を潰してやると脅すようになりました。いや、脅しではないですよね。事実、会長にはそれができるんですから。

会長も父親や元夫と同じでした。ハルさんを理不尽に支配しようとしたんです。ただ違ったのは、ハルさんは会長のことを本気で愛していたということです。

だから家族のときよりも、もっとハルさんは葛藤しました。

けれど愛と自由なら、自由をとる。ワガママを通すのだと、ハルさんは決断したんです。

ええ、そうです。ハルさんはまた、〝うみうし様〟に願ったのです。

会長を殺してください——、と。

〝うみうし様〟はこのときもハルさんの願いを叶えてくれました。会長は山登りの最中、足を滑らせて滑落死したんです。

こうしてハルさんは、会長から解放されました。これ以降、子供にも会うことはなかったそうです。ええ。ハルさんはそう言っていました。

そのあとです。ハルさんが東亜信用金庫の真壁三千雄《みちお》さん——ハルさんはカベちゃんと呼んでいましたが——、そうです、のちに預金証書の偽造をする人です。その人と出会い、深い関係になるのは。

8

新《しん》藤《どう》紫《ゆかり》

えっと、あなたが？

へえ。この取材っていうのかな、あなたが一人でやっているの？

ああ、いや、ちょっと意外だったから。見た感じ、ハルさんの事件のときって、あなたまだ子供じゃない？　でしょ？　だから。

どうしてあなたみたいな若い人が、今更ハルさんのことを小説になんて……、今更なんて言ったらアレだけどさ。

あ、うん、それは一応、知ってるよ。ハルさん、刑務所で亡くなったんだよね。年号が変わってすぐだったっけ。新聞にも小さく載ったし。

なるほどね。まあそうか。今の若い人らは、バブル自体、知らないもんな。ハルさんみたいな女の人が何千億も稼いだなんて、興味深いのかもね。あ、いや、いいんだよ。こっちこそ悪いね、いろいろ訊いちゃって。

うん。ハルさんが、あんなことになったあと、俺は東京出てきて。まあいろいろあったけど、この店開いて、えっともうすぐ二〇年か。

別に最初からそういう店にするつもりじゃなかったんだけどね。類は友を呼ぶってやつなのかな。常連になってくれるの、俺みたいな人が多くてさ。そう。性的少数者。LGBTってやつ、特に女性、ビアンの女性がね。だんだん知る人ぞ知るビアン・バーみたいになったんだよね。そのうちこっちもいい歳になってきて、一人でやるのもきついから、バイトの子を雇うようになって……まあどうにかこうにか、今日までやってる感じかな。

そりゃコロナの影響はあるなんてもんじゃないよ。今年の四月五月は、ほとんど休んでたし。緊急事態宣言だっけ、あれが解除されてからずっとお店、開けてはいるけどね。ほら、また東京都が営業時間短縮の要請出したでしょ。

まあそんなの関係なく、お客さんは減っているよね。「夜の街」って名指しもされてたし、しばらく水商売は厳しいのかもね。この辺りも、この何ヶ月かでずいぶん閉店したんだよ。ここだけの話、自殺しちゃったオーナーさんもいるんだよね。

それは本当そうだよね。去年の今頃は、まさか、一年後こんなことになってるなんて、誰も思わなかったよね。いや、それどころか中国で新しい肺炎が流行っているらしいって話が入って来たときも、あのクルーズ船……えっと、ああ、そうそうダイヤモンド・プリンセス号。あれのお客さんが下りられなくなって大変だなんて騒いでたときも、あれって二月くらいでいいんだっけ？　まあ、とにかくさ、あの頃まではみんな、全然、他人事《ひとごと》だったよね。

その自殺した人だってさ、あのクルーズ船騒ぎのとき、半年もしないうちに自分が死ぬほど追い詰められるなんて夢にも思わなかったはずだよ。

まあ厳しいけど何とか続けるつもりではいるよ。幸い多少の蓄えはあるし、持続化給付金ってのももらったしね。東京都も営業時間短縮の協力金くれたしさ。焼け石に水だけど、何もないよりはましだからね、もらえるものはきっちりもらうよ。

まあ、他にやることないってのもあるけど、うちみたいな店は居場所だからさ。ないと困るって人もいるんだよ。お客さんだけじゃなくて、バイトの子も含めてね。

うちで雇う子は親との折り合いが悪くて家出をしてきたような子ばっかかでさ。できるだけ面倒みてやりたいんだよね。休んでる間も一応お給料出したし、もしこの先、にっちもさっちもいかなくなって店をたたむことになっても、それなりの退職金を渡すつもりだよ。

違うよ、そんな立派なもんじゃないんだ。俺も、ハルさんにそうしてもらったから。拾ってもらって、居場所をもらってね。だからそれをまた別の人に返すっていうかさ。そういうふうに回ってくもんじゃないかって思うんだよ。まあ、ハルさんみたいな大盤振る舞いは逆立ちしたってできっこないけどね。

ハルさんはね、従業員全員を集めて深々頭をさげて、もう店は閉めるからって、当面、生活に困らないだけの退職金を全員に払ったんだ。

そういう人だったんだよ……。

ああ、うん、別に構わないよ。出会いから、詳しくね。

ええっと、俺がハルさんと出会ったのは俺が一六のとき。だから……、一九八五年の夏か。PL学園のKKコンビが最後の大会を優勝で終わった、あの夏だよ。

うん、俺、野球好きでさ。小学生のときまでは地元の少年野球団でやってたんだ。四番、打ってたんだぜ。ほら、小学生くらいだと女の方が体格もよかったりするだろ。中学では野球部には入れてもらえなかったけどね。

それでもプロ野球と、春と夏の甲子園はずっと観ててさ。KKコンビ、特に清原は俺のヒーローだった。だから、かな。家出したとき、大阪に行こうと思ったのは。ほら、PLが大阪だから。

そうなんだよ。俺、家出したんだ。埼玉だよ、実家は。埼玉の浦和。別に大阪に知り合いとか親戚がいたわけじゃないんだ。とにかく遠くに行きたいと思って、とりあえず新幹線に飛び乗ったんだよ。

ハルさんに拾ってもらったのは大阪に来て、ひと月くらい経った頃だったかな。いろいろあって、身も心もぼろぼろになって、黒門市場《くろもんいちば》の辺りをふらふら歩いてたんだ。もう九月になってたっけな。蒸し暑い日で、夕方に雨が降ってきて。傘もなくって。

俺は一人で泣きながら歩いてた。

そしたら声かけられたんだ、ハルさんに。「あんた、どうした？」って。

ハルさんが市場に買い出しに来てたんだ。普段買い出しは板前さんがやるんだけど、その日、ハルさん、たまたま気が向いて市場に行きたくなったんだって。偶然って言ったらそれまでだけど、運命だったのかなって思うよ。

しゃくりあげるばかりで何も答えられない俺にハルさん、「そない泣いとったら男前が台無しやで」って。

あんとき俺は、ハルさんが俺を「男前」って言ったことに驚いたんだ。たしかにボーイッシュな格好してたけど、体つきはもう女でさ、ぱっと見、男には見えるわけがなかったんだからね。

それからハルさん、俺を『春川』に連れて行ってくれたんだ。

前の年の初めに『春川』は、ビルに建て替えられてて、そうそう、マスコミに取材されたり、事件の時にテレビに映っていたあの五階建てのビルだよ。

まだ建ったばかりで金色の壁がキラキラ光ってて。そういう塗料なんだけど、本当に金でできているみたいに見えてさ。ガラス張りの正面玄関に漢字とローマ字で『春川HARUKAWA』って書いた木製の看板が出てて、入ると中庭なんかがあってね。内装は和洋折衷、今の言い方だと和モダンっていうのかな、とにかく派手でおしゃれだなあって。

ビルの屋上には、ハルさんの住まいのペントハウスがあってそこに案内されて。間取りは2LDK……でいいのかな。キッチンとリビング、それにハルさんの寝室を兼ねた個室と、人が二、三〇人は入れそうな大広間があった。俺、ペントハウスなんて初めて見たから、屋上にも家があるってびっくりしたよ。そこで、ハルさんが白木さんに茶碗蒸しつくらせてご馳走してくれて。あれ、すげえ美味しかったな。

茶碗蒸し食べてどうにか人心地ついたあと、俺、訊いたんだ。「どうして、俺を男前って言ったんですか」って。そしたらハルさん「だってあんた、男なんやろ。身体は女の子でも心は男なんよね」って。

俺は余計に驚いたよ。だって俺はそのとき初めて自分のことを言葉で理解できた気がしたから。「心は男」って、ハルさんが言ったシンプルな言葉が、俺がずっとわからずに悩んでいた、俺自身が何者かっていう問いの答えだと思えたんだ。

会ったばかりだっていうのに、俺自身より先に見抜いていたんだよ、ハルさんは。

ああ、そうか悪い。そこんとこは、ちゃんと説明しておいた方がいいよね。

俺は生まれてきたときの生物学的な性別は女だけど、性自認は男なんだよ。手術はしていないから、身体は今でも女のままだよ。そうだね、もうずいぶん前だけど性同一性障害の診断を受けたこともあるから、まあ、それでも間違いではないけど……「障害」って言い方がちょっとね。今の俺はそれで困っているわけではないからね。

いわゆるＬＧＢＴのＴ、トランスジェンダー。ＦｔｏＭのトランス男性って言い方を自分ではしている。性的指向、つまり恋愛の対象は女だよ。よく間違えられるし、まあこの店もビアン・バーって言われてるから余計誤解されがちだけど、俺は同性愛者《レズビアン》とは少し違うんだ。男の心を持っていて女を好きになるわけだから、異性愛者《ストレート》ではあるんだよ。

ややこしいよね。しかもこのややこしい定義や分類も、あくまで便宜上のもので実際にはぴったり当てはまらない人も結構いるんだ。こういう世界に身を置いていろんな人を見てるとさ、性別とか性的指向ってのは、「男／女」みたいにくっきり分けられるもんじゃなくて、グラデーションの中にたくさんのバリエーションがあるってのがよくわかるよ。

最近は、俺たちみたいなマイノリティがいるってことはよく知られてきたし、わかりやすく解説した本もずいぶんある。でも今から三〇年以上も前のあの頃は、まだLGBTなんて言葉すらなかった。俺みたいな当事者でさえよくわからずに戸惑っていたんだ。

でもそんな時代にハルさんは、俺のことを見抜くだけじゃなく、気味悪がったりせず、ちゃんと話を聞いてくれたんだ。すごいと思わない？

ああ、それはどうかな。俺が家出した理由とは、関係あると言えばあるのかな。でも、別にトランスじゃなかったとしても、あんなことがあったら家を飛び出していたかもしれない。まあ、ちょっとろくでもないことがあってさ。

大丈夫だよ。話すよ。もう俺の中では片がついてて、店のバイトの子や、仲のいいお客さんには話すこともあるしね。

小さな頃、それこそものごころついたかどうかってくらいから、違和感はあったんだよ。スカートとか、女の子っぽい服を着るのが嫌で、おままごとより、野球の方が断然好きだったから。

でも、俺の母さんは俺のことを女の子らしく育てたかったみたいでね。俺が少年野球やるのも嫌だったみたいなんだよな。服もさ、スカート、それもフリルがついたりしたスカートなんかよく買ってくるんだ。

抑圧って言えば抑圧だけど、母さんに悪気はなかったと思う。たぶんわりと一般的な母親の感情として娘を女の子らしくさせたかったんだよ。当の俺の方も、女なんだからちょっとは女らしくするべきなんだって、ナチュラルに思い込んでいてさ。本当は気持ち悪かったけれど、ときどきスカートを穿いて学校に行っていたんだ。

でも、だんだん、どうしても誤魔化しきれなくなっていってさ。

小学校の高学年から中学校に上がる頃かな、生理が始まって胸が膨らんできて、自分の身体が女らしくなっていくのがとてもおかしなことに思えたんだ。

だけど、たとえば中学の野球部に女は入れなかったり、制服でときどきどころか毎日スカートを穿かなくちゃならなかったり、女であることを強制する圧力はどんどん強まっていってさ。

そういうもんなんだって納得しようとしても、女の子の格好をして女の子の集団に混じっていると、そわそわするというかね、どうしても場違いな気がして居心地が悪くなるんだよ。

それと中学で国語を受け持っていた女の先生のことを好きになってさ。まあ子供っぽい初恋なんだけどね。最初のうち、この気持ちは大人の女の人への憧れなんだって思おうとしたんだけど、自分がその先生みたいになりたいってわけじゃないってのは、自分でもわかるんだよ。ただぼんやり先生のことを考えてしまったりとか、あと、先生の裸を想像したりとか。そのうち夜、眠る前、布団の中で先生のいやらしい姿を想像するのが日課になった。

まだそれなりに初心《うぶ》だったから、いやらしいことを考えること自体に罪悪感を覚えたよ。たぶんもう身体の性別と心の性別が違うことに気づきつつあったんだと思う。でもそれを意識的にはっきりと認めることはできなかった。自分は変態なんじゃないかって悩んだりもした。

それでもなんとか、俺はだましだまし、女の子のふりをして生きていたんだ。あの頃の夢はさ、好きな格好をすること。スカートじゃなくてズボンを穿きたかった。他愛もないだろ。大人になったら親元を離れて独り暮らしをして、髪を短く切って、Gパンに Tシャツ姿で毎日過ごすんだって思ってた。高校で野球部に入って、甲子園に出ることを想像したりもしたっけ。あの先生が応援に来てくれて、俺はホームランを打つんだ。

そんな俺が、自分はどう足掻《あが》いても女なんだって思い知らされる出来事があってね……。

レイプされたんだ。

こんな繁華街でバーをやっているとね、似たような話はよく聞くよ。性別や性的指向に拘わらずね。

俺をレイプしたのは、母さんの恋人だった。俺の父さんは俺が小五の年に死んじゃってさ。それからしばらくして母さん、家計を支えるためにスナックで働くようになって……そこで出会ったその男と付き合うようになったんだ。

たしか俺が中三のときだったかな。深夜、酔っぱらった母さんを介抱しながら家まで送ってきて、そんときが初対面。「きみのお母さんとお付き合いさせてもらってます」なんて挨拶してきてね。まあ、そいつ人当たりはいいんだよ。顔立ちも、ちょっと垂れ目で優しげでね。やっぱ第一印象って大事だろ。俺は、そいつをいい人なんだなって思ってしまったんだ。

俺はさ、母さんが恋愛すること自体は反対じゃないというか、賛成だったしね。もし母さんが再婚することになっても、この人ならいいかな、なんて思ったりもしてたんだ。母さんは母さんで、そいつにぞっこんって感じでさ。そいつはときどきうちにも遊びに来るようになって、俺も本性に気づかずに、結構懐いていたんだよ。

それで母さんのいない日に、いきなり、ね。俺が高校生になった春だったよ。いや、本当はいきなりじゃなかったのか……。うちに来たとき、あいつが見てるのは気づいていたんだ。俺の足とか胸元とかをね。じっと見る感じじゃなくてさ、ちらちらとね。俺に気づかれたって思うと視線を外すんだよ。でも気にしないようにしていた。母さんの恋人を悪く思いたくなかったのかもしれないな。近い将来父親になるかもしれないって思っていたしね。

意識的にだったのか無意識だったのか、もう自分でもよくわからない。とにかく、悪気はない、あの人が俺をいやらしい目で見てるわけないって、思い込んでいた。

俺が甘かったんだ。もっと警戒するべきだったし、あいつと家で二人きりになるべきじゃなかった……。はは。性犯罪の被害者がこうやって自分を責めるのは、本当によくあることらしいよ。悪いのはあいつに決まっているのにね。

もうこうして人に話すことができるし、とっくに乗り越えたつもりではいるんだけどね。あの嫌な記憶が残っている限り本当の意味で乗り越えることなんて、できないのかもしれない。あと何十年かして、俺がボケて全部忘れちゃったら、それは乗り越えたことになるのかな。

まあとにかく、その日、俺はそいつに犯された。その上、写真まで撮られたんだ。黙ってないとこれを母さんに見せるし、学校にもばらまくって脅された。それからそいつは、母さんのいないときを狙ってうちに来ては、俺を犯すようになった。そしておまえらは親子揃って俺の奴隷だなんて笑っていた。

俺はようやくあいつの本性を思い知ったんだ。外面《そとづら》はよくても中身はクズでさ。仕事だってほとんどしてなくて、母さんにたかって生きてたんだよ。きっと母さんは心の隙間ってやつに入り込まれていたんだろうね。

酷い話だろ。でもありふれているんだ。俺はこの街で同じような日に遭った子の話を山ほど聞いたよ。

性暴力の被害で受けた心の傷に軽いも重いもないと思う。だから俺が他の被害者と比べて特別傷ついたなんて言う気もない。

でも俺にとって、女として犯されるってことは、俺の一番大事な部分を壊されるってことなんだ。痛かったし、気持ち悪かったけれど、それ以上に怖かった。俺が俺じゃない何かにされてしまうみたいで。

だから逃げたんだ。抵抗することも、誰かに相談することも、怖くてできなかった。ただ逃げたんだよ。それが俺にできる精一杯だった。

あいつが追いかけてこない、どこか遠くまで行くんだって。家にあったお金を持ち出して、新幹線に乗ったんだ。

なのに……。

行く当ても何もない状態で大阪に来た俺が何したと思う？　戎橋《えびすばし》のとこで途方に暮れていたとき、声をかけてきた男についていったんだ。「きみ、家出か。俺んとこくるか」って。もう顔もよく覚えてないけど、ちょっととっぽいおじさんでさ、行ったら何されるかなんてわかっていたよ。でも、いいやって。どうせ、あいつにさんざんやられちゃったんだしって。

矛盾してるよな。俺の大事な部分を壊されるのが嫌で大阪まで来たのに、自分からそれを壊すようなことしてるんだから。そもそも自暴自棄になっていたんだと思うよ。

その男が独り暮らししていた狭いマンションで、しばらく飼われるみたいに暮らしてたんだ。ガソリンスタンドで働いているとか言ってたっけな。結構、優しいとこのある男でさ。表面上は穏やかにやっていたよ。毎晩、痛くて気持ち悪くて最低な気分になることを除けばね。ああ、そうだ。あの甲子園の決勝戦。ＰＬと宇部商業の試合はあいつの家で観たんだっけ。ホームラン打つ清原観て、ぼんやり、生まれ変わったら、あんなふうな男になりたいなんて思ったたっけな。

でも、ひと月も保たなかったんだよな。男は俺に飽きたのか、まだ子供って年頃の女と一緒に暮らすのが怖くなったのか、ある日突然、金を渡されて「これやるから出てけ」って言われたんだ。

それでまた戎橋の辺りをうろうろして、別の男に声をかけられた。そいつは住まわせてはくれなかったけれど、一晩だけ泊めてくれた。もちろん身体を求められたよ。次の日も、同じようにまた別の男の家に泊めてもらって……。

最近だと家出少女が泊めてくれる男を探すことを〝神待ち〟って言うらしいね。昔からあったんだよ。下心で未成年者を家に泊めるような神様なんて笑っちゃうけどさ。

たしか、四、五人の家を転々として……。ああ、俺はこのままこんなふうにして生きてくのかって思ったら、すごく惨めな気分になって。でも絶対家には帰りたくなくて。いっそこのまま消えてなくなってしまいたいって。そう思ったら泣けてきて。

そんなときだったんだ、ハルさんに出会ったのは。

俺の事情をひと通り聞いたあと、ハルさん、住み込みで働いてみないかって言ってくれてね。

是非もなかったよ。

それで俺は『春川』の板前見習いって形で雇われたんだ。

料理なんて全然したことなかったけれど、ハルさんは、それでもいいって言ってくれた。新装開店したばかりで忙しくて猫の手も借りたいって。でも、本当はそんなことなかったんだと思う。

ハルさんは、俺のことを助けてくれたんだよ。ずっとあとになって、ハルさん、実は俺のこと他人と思えなかったって言ったこともあって。うん、もちろんハルさんは性的少数者ではないけれども若い頃……というか、まだ子供の頃に俺と同じ目に遭ったことがあるって。ハルさんも父親から性暴力を、そう、レイプの被害を受けたことがあるって話してくれて。俺がどれだけ傷ついているかはよくわかったって。きっとだから、助けてくれたんだろうね。

それからハルさんは、俺の親、母さんとも話をつけてくれた。まだ俺は未成年だったからね。ハルさんと母さんが、どんな話をしたのかは知らない。いくらかお金を払ってくれたのかもしれない。とにかくその後、母さんは何も言ってこなかった。俺の方も実家に帰ったり連絡したりする気はなかったから、結果的に縁が切れたんだ。

一昨年、その母さんが亡くなってね。葬式で三〇年以上ぶりに再会したよ。もう冷たくなっていたけれど。

あの男とは俺が家出したあとに別れたらしかった。生きているうちに、一度くらいは帰ってもよかったかなって思ったけど、もう詮無《せんな》いね。

『春川』の板前修業は厳しかったけど、嫌ではなかったよ。

白木さんや他の先輩の板前さんたちも、みんなさっぱりした人でね。俺のことを女子扱いせずに、怒鳴ったりしてくれるのが、逆に心地よかったな。あと、才能があったとは言わないけど、料理は俺に向いていたみたいだったよ。白木さんからは「未経験の子供を雇ってどうなることかと思ったけど、筋がよくて助かった」なんて言ってもらった。俺が何か新しいことを覚えるたびに白木さん「俺より才能ある」って言ってたな。リップサービスなんだろうけどね。

らしいね、白木さんは新人の板前だった頃、物覚えが悪くてずいぶん苦労したって。食材の目利きは今でも苦手で、板長になってやらないで済むようになって助かったなんて、苦笑いしながら言ってたよ。

でも、よくそんなこと知ってるね。

そうなんだ、昔、『春川』で働いていた人からも話を。

誰だろう、俺の知ってる人かな？　高田さん？　ああ、ミネちゃんって人か。

いや、直接は知らないよ。俺がハルさんに拾われたとき、もう店にはいなかったからね。でもハルさんと雑談してると、ときどき、名前が出てきたから。親戚の家の娘さんで、一緒に大阪出てきたって。変な男に騙されていなくなったとかで、ハルさん心配してたんだけど、そうか、今もご健在なんだね。

あ、うん、そう。住み込みってことで、俺はあの『春川』のビルに住まわせてもらったんだ。五階は店じゃなくて事務所と物置になっていたんだけど、そこのあまり使っていない物置を空けてくれて、俺の部屋にしてくれてね。八畳くらいあったかな。収納がついてなかったけど、箪笥《たんす》を用意してくれて、後からテレビも引いてくれたりして、一人で住むには不便はなかった。ハルさんはときどき「話し相手になってや」って、ペントハウスに呼んでくれて、一緒にテレビ観たりご飯食べたりすることもあったよ。

それからハルさん、俺に言ってくれたんだ。

「自分の身体にだってワガママ言ってええんよ」って。

つまり、女の身体に生まれたからって、身体のいいなりになって女として生きることないって言うんだよ。自然の摂理、なんてよく言うけど、そんなものより自分の心が大事だって。むしろ自分の心に従って自然に逆らって生きるのが人間だって。だから、人間の社会や文明はこんなに発達したんだって、そんなことをね。

ふふ、すごいよね。俺、それまでそんなふうに考えたことなかったから。女なのに女らしくできない自分を後ろめたく思っていたくらいでさ。でも、男として生きてもいいんだって。ハルさんの言葉にどれだけ勇気づけられたか……。

そうだね、ハルさんの言うワガママっていうのは、自由とほとんど同じ意味だったと思う。

バブルのときに、あ、ちょうど俺が雇われた直後からバブル景気が始まったんだけど、あの時期、ハルさんが投資で稼ぎまくっていたのは、自由でいるためなんだと思うんだ。というか、ハルさん本人がよく言っていたよ、お金はいくらあっても困らない、あればあるほど好きなことができるようになる、ワガママに暮らせるようになる、って、そういう意味のことをね。

俺はさ、ハルさんがやっていた投資の詳しいことや『春の会』、そう、ハルさんと取引していた人たちのグループ、あの辺りのことはほとんど何も知らないんだ。ハルさん、従業員にはその手の話は全然しなかったからね。

ああ、うん。〝うみうし様〟っていう神様をみんなで拝んでいるのは知っていたよ。

俺は『春川』に住み込むようになってすぐ、ペントハウスの大広間にある神棚と、純金の〝うみうし様〟の像を見せてもらったしね。ハルさんの守り神様だって。

俺は特に信じろとか拝めとか言われたわけじゃないから、まあ、ハルさん、変わった神様を信じてるんだなって思ったくらいだった。でも『春の会』の人たちは、ずいぶん熱心に拝んでたよ。実際、ハルさんは投資で大成功したんだから、御利益はあったのかもしれないね。

ハルさんの投資が上手くいってることは傍目にもよくわかったよ。『春の会』の人たちが毎日のように今日はいくら上がった、いくら儲かったって大騒ぎしてたし、なんてったって、ハルさんの羽振りがよかったからね。ごついダイヤの指輪をばんばん買ったり、服や小物もブランド品で固めたり。

金ピカのビルを建てるような人だからね、もともと派手好きだったんだろうけど、欲しいものを全然我慢しない感じだったな。それがさ、厭味な感じはしなくてむしろ見て気持ちよかったよ。

やっぱり気前がよかったからじゃないかな。ハルさんは自分ばかりが贅沢するんじゃなくて、周りにもじゃんじゃんお金を配っていたんだ。そうなんだよ、ハルさん、俺たち『春川』の従業員にも、何かっていうと「ご祝儀や」って言って臨時ボーナスを出してくれていたんだ。

俺もずいぶんもらったよ。ああ、そうだった、俺、ハルさんからもらったボーナスでアルマーニのスーツを買ったんだ。あのスーツ、まだ持っているはずだけど、どこにいっちゃったかな……。

もちろん男物だよ。グレイのダブルのスーツ。ふふ、ばっちり肩パッドが入っててさ、俺が着るとだぼだぼなんだけど、そのオーバーサイズ感がよかったんだよ。たぶん今見たらダサいかもしれないけど、当時はナウかったんだ。はは「ナウい」なんて、わからないよね。

え、あ、そう。知ってはいるんだ、「ナウい」。ネットで。へえ。それは本当だよ、当時はギャグじゃなくて本当にみんな、いい意味で、今でいう「イケてる」とか「クール」みたいな感じで、「ナウい」って言っていたんだ。

ハルさんはさ、たぶんみんなに、ワガママ、つまり自由を分け与えようとしていたんじゃないかな。

もちろん、お金で何でもできるわけじゃないよ。でも、ないよりは、あった方がずっと自由なんだよね。今、コロナのせいで店を続けられるかどうかって瀬戸際だから、特にそれを実感するよ。

バブルの頃、本当にすごかったのは東京なんだろうけど、大阪もかなりのもんでね。やたらと不動産屋が増えて、梅田を中心に新しいビルが次々建っていた。関空やりんくうタウンの開発計画が持ち上がったのもあの時期だったっけ。やっぱり、お金があった方が街も発展するんだよな。当たり前かもしれないけれど。

肩パッドの入ったナウいアルマーニ着て、御堂筋辺りを歩いているとさ、俺、最高に自由で無敵になれる気がしたんだ。ああいう気分はもう何年も味わってないし、たぶん二度と味わえないんだろうって思うよ。

　そう言えば、いつだったかな、とにかくバブルの真っ只中の頃、たまたまハルさんと観ていたテレビで、作家だか映画監督だかの爺さんが「戦後社会は経済的な豊かさと引き替えに心の豊かさを失った。かつての貧しかった時代の方が人の心は豊かだった」なんて言っててさ、ハルさん、鼻で笑っていたよ。ああいうこと言う人は、最初から恵まれていて苦労を知らないのか、ボケて貧しかった時代のことすっかり忘れたのか、どっちかだって。

　え？　ああ、真壁さん？　東亜信金のだよね。もちろん知っているよ。

　あの人は俺が働くようになった頃から、もうお店の常連だったし、ハルさんとも親しくしてたよ。地元の信金の人で『春川』をビルにしたときの融資を担当したとは聞いていたっけな。『春の会』つくったのも真壁さんなんだよね。まあでも内実なんかは、俺は全然知らなかったし、まして真壁さんが『春川』の中で、それも俺の部屋のすぐ傍《そば》で預金証書の偽造してるだなんて、夢にも思わなかったよ。

　そうなんだよ。真壁さんが偽造に使ってた小部屋って、俺の部屋の向かいにあったんだ。従業員でもない真壁さん専用の部屋ができたときは、ちょっと変だなとは思ったんだけどね……。

　はは。週刊誌なんかにはよく書かれていたよね、その手のことは。真壁さんはハルさんに惑わされて、あんな詐欺事件を起こしたんじゃないか、とか。『春の会』自体が、ハルさんの愛人の集まりだったんじゃないか、とか。

実際、ハルさんと真壁さんはデキてたというか、恋人同士だったし、ハルさんは真壁さんだけじゃなく、『春の会』の何人かと関係を持っていたんだけどね。『春の会』の人がハルさんと二人でペントハウスに入っていくのは何度も見たし、ハルさんも全然隠していなくて、自分で「『春の会』の人らは、みんなうちの恋人みたいなもんや」って言っていたしね。

そうだね。あんときのハルさん、今の俺より年上だからね。よくやるよなあとは思うよね。でも、あまりいやらしいとか、不潔とは感じなかったんだよな。

ハルさん「うちにはもう、絶対に子はでけんから、ただ純粋に気持ちええこと楽しめるんよ」て言っててさ。なんか格好いいなって思ったんだ。

さっきも言ったように投資とか、真壁さんがやってたことについては、俺は何も知らないから訊かれてもちょっとわからないな。

うん、そう。一九九〇年。大阪ではEXPO'90だっけ、花と緑の博覧会、あれやってた年なんだよね、株価が下がり始めたのって。

テレビのニュースでも前の年の年末に史上最高値を更新したのに、年が明けてからずるずる下がってるみたいなことはよく言っていてさ。ハルさんが株で大儲けしてたってことは、俺や他の従業員もみんな知ってたから、その逆で株が下がっていったら大損するんじゃないかなって。投資の仕組みとかは全然わかっていなかったけど、そういう心配はしていたんだ。

でも博覧会をやっていた頃は街にまだまだ活気があってね、ハルさんも「またすぐ株上がるからお店のみんなは心配せんでええよ」って、明るく振る舞っていたんだ。だから俺も、まあ、そういうもんかって、思っていた。

だけどその年の終わり頃になると、どこそこの会社が潰れたとか、そういう話がよく耳に入ってくるようになって。年が明けて九一年になると、たしか戦争が、そうそう中東の湾岸戦争が始まって。あれと日本の景気とは直接関係がないのかもしれないけど、世の中全体、不穏な感じになってきたんだよね。

そのうち『春の会』の人たちがあまり店に来なくなったり、来てもみんな暗い顔をしているようになって。ハルさんは相変わらず「大丈夫」「心配せんで」って言うんだけど、どうもまずいことになっているらしいっていう空気が、俺たち従業員にも伝わってきていたんだ。

もしいきなりお店が潰れちゃったらどうしようって、心配する人も結構いてさ。でも一番古株の白木さんが「万が一のことがあっても女将は俺たちを悪いようにはしない。だから余計な心配せず仕事に集中しよう」って言ってて、それが押さえになって、従業員の間で大きな混乱はなかったんだ。『春川』が開店したときからずっと一緒にやってきた人の言葉だからか重みがあったし、俺に限らずみんな、ハルさんにはよくしてもらったって思っていたから、信じられたんだよね。

真壁さんが例の部屋に入り浸るようになったのは……はっきりとは覚えてないけど、九一年の春先頃だったと思う。何をやってるのかはわからなかったけれど、あの人、妙に明るくてね。それが不気味な感じではあったよ。

俺は挨拶くらいしかしたことないから、真壁さんの人となりはよくわからないけど、とりあえずハルさんにベタ惚れって感じではあったかな。店に来てハルさんの顔を見ると、いつも嬉しそうにしててさ。ハルさんも、そんな真壁さんを「カベちゃん、カベちゃん」って可愛がってるようでさ、仕事の面でも頼りにしていたみたいで、ハルさんが『春の会』の人たちと話をしているときに「カベちゃんに頼むわ」って言ってるのをよく聞いたよ。

公私ともにいい関係――なんて言うと、真壁さんには奥さんと子供がいたらしいから、アレだけど。傍目にはそう見えたんだけどね……。

うん。自殺したんだ。七月、だったよね。

その何ヶ月か前から店にはいかにもスジ者って感じの連中が来るようになってて……。

あとから知ったことだけど、ハルさん、それまで付き合わなかったフロント企業、言っちゃえばヤクザが経営しているノンバンクと取引するようになっていたんだよね。それと同じくらいの時期に『春の会』は解散してて、真壁さん以外のメンバーはまったく、店に来なくなったんだ。

調子がいいときはハルさんのことさんざん持ち上げてたくせに、潮が引くようにさあっといなくなるんだから、薄情な連中だよな。まあ、真壁さんみたいに、不正までした挙句、自殺するのがいいこととは言えないだろうけどさ。

それで、そのすぐあとゴシップ誌に記事が出て。どうやら真壁さんが預金証書の偽造をしていたらしいって疑惑が報じられたんだ。

え、あんときの記事、持ってるの？　はは、そうだよ。このハルさんと一緒に写真撮られてるの、俺なんだよ。結構面影あるかな。

懐かしいというか、何というか……。そうだった「大河スクープ」。今だったらこういう写真って、モザイクとか目線とか入るもんだよね。この頃ってまだ肖像権とか緩かったらしくてさ。勝手に撮られて載せられていい迷惑だったよ。

でも、こっちはそれどこじゃなかった。俺たち従業員にしたら寝耳に水だからね。こんなことが起きてたのかって。さすがに無視して安心して働けるような状況じゃなくて、ハルさんに対して事情を説明して欲しいって声をあげる人もいてさ。

俺も、そんな突き上げるとかいうんじゃなくて、本当のことが知りたいとは思ったんだ。

そしたらハルさん、さっき話したように、みんなを集めて、あとひと月で店閉めるから辞めて欲しいって言い出したんだ。退職金を先払いで用意するからって。

みんなの一番の心配は何の補償もなく店が潰れることだったから、ほっとしている様子だった。

でも俺はさ、そんな急に言われてもって、思ったよ。ハルさんに対する情もあったしね。

辞めたくないです、もっとハルさんのお手伝いさせてください、って頼み込んだんだ。でもハルさんは「こうするのが一番や」の一点張りでさ。

ハルさん、ほとぼりが冷めたら必ず再起する、そんときは、俺と白木さんには必ず声をかけるから待ってて欲しい、って言ってくれてね。白木さんにも「女将を信じて待とう」って説得されて、最後は俺も閉店に同意したんだ。

他のみんなは八月の頭に辞めたけど、俺はまあ住み込みってこともあったんで、白木さんと一緒に最後まで、閉店予定の八月三一日まで、店を手伝わせてもらうことになった。記事が出てからはだいぶお客さんは減ってて、一階部分だけの営業になってたから三人でも店を回すのは問題なかった。

ハルさん「次はもっとこぢんまりした店やるのもええな」なんて言ってたよ。

けれど『春川』は最後まできちんと営業することができなかった。再起の話は絵に描いた餅になっちゃったんだ。

例の事件が起きて、ハルさんは逮捕されてしまったから……。

あの日、八月一五日の朝、俺は五階の自分の部屋にいた。朝の六時か七時くらいだったかな。店が開くのは夕方からだから、俺はまだ寝ていたんだ。

部屋の外から人の話し声とか物音がうるさく聞こえて、この朝っぱらから誰だよって部屋から出たら、廊下に殺気だった警官が何人もいてびっくりしたよ。向こうも驚いた様子で「きみは誰だ？」って訊いてきてね。それはこっちの台詞《せりふ》だって思ったよ。

それで前の日の深夜、ハルさんがお客さんをペントハウスに連れてって、殺したって聞かされて。いや、そりゃあ驚いたよ。

その殺された人、そう、鈴木さんって人。その人は前の晩、閉店したあと、ちょうど日付が変わる頃に店に来たらしいんだよ。八月に入ってからは営業時間も短くして一一時過ぎには閉めていたんだ。だから白木さんはもう自宅に帰っていて、俺も自分の部屋に戻っていた。

たまたま、夜風に当たろうと思って外に出たハルさんが、その人とばったり出くわして、今日はもう店は閉めてるけどよかったら、ってペントハウスに招き入れたっていうんだ。

その時間、俺は部屋にいたけれどペントハウスに来客があったなんて気づかなかったし、そもそもそんな見ず知らずの人を自宅に上げるなんて、わけがわからなかったよ。俺にも刑事さんが一人ついて、五階の事務所で事情聴取みたいなことをされることになったんだ。

殺されていた人の身元を知っているかとか、あと自殺した真壁さんのことや『春の会』のことも訊かれたっけな。知ってることは全部正直に話したよ。っていうか、俺、嘘をつくほどのことは何も知らなかったんだけどね。

あの鈴木さんて人が何者だったのかは、俺が知りたいくらいだよ。

うん。少なくとも店の常連ではないし、『春の会』の関係者でもなかった。

ハルさんはペントハウスのリビングでその人をくつろがせて、お酒を準備する振りをして、キッチンにあった包丁で背中から刺したって証言したんだよね、たしか。そうしろって、例の〝うみうし様〟のお告げだったたって。

俺、ハルさんの裁判、何度か傍聴してみようと思ったけれど、いつも倍率が高くて結局当たらなかったんだ。俺自身は、警察や検察に呼ばれて証言はとられたけど、法廷に立つことはなかった。

え、そうなんだ。裁判の記録って見れるの？　いや、知らなかったよ。でも……そうだね、今更見たいとは思わないかな。大まかな内容は報道されていたし、肝心のハルさんも、もう亡くなってしまったしね。

うん。だから俺が最後にハルさんを見たのは、逮捕されて連行されていくときなんだ。ハルさん、笑ってたんだよ。まるで俺に「大丈夫、心配せんで」って言うみたいに……。

本当は何か事情があったのかなとも思うんだ。お告げなんかじゃなくて、誰にも言えない、切実な事情があって、あの人を殺したんじゃないかって。

いや、俺は再起の約束が果たされなかったことを恨んだりしてないよ。むしろ、ずっとハルさんに助けられてばかりで感謝しかない。ハルさんがいなかったら、俺はきっとどこかで野垂れ死んでいたと思う。この歳までどうにかこうにかやってこれたのも、ハルさんのお陰なんだ。

俺にとってハルさんは、事件のあとマスコミが書きたてたような、魔女でも、希代の悪女でもない。気前がよくて優しい、恩人なんだよ。

9　宇佐原陽菜

はい。そうです。ハルさんは大阪万博の次の年と言っていました。だから一九七一年ですね。〝うみうし様〟にお願いして会長を殺したのは。

ハルさんは後悔したそうです。殺してしまったことを、ではなく、もっと早くに殺さなかったことを、です。

会長がいなくなりハルさんの手元にはお店と、お店の運転資金として会長から援助された多額の現金が残りました。

それまでこれらはハルさんのものであっても、ハルさんのものではない、言わば会長の紐付きでした。店の経営もお金の使い道もいちいち会長に口出しをされていました。

けれどもうすべてをハルさんの自由にできるようになったんです。ハルさんはこのとき初めて自分が自分の足でこの世界に立っているような感覚を得たそうです。

また改めて、自分がどれほど会長によって支配・束縛されていたか気づいたといいます。こんなことならもっと早くに解放されていればよかった、と後悔したんです。

ハルさんは会長を殺したことを悪いこととは思いませんでした。

悪いのは、不公平なこの世界。会長は才覚もあったんでしょうが、生まれも育ちもずっとハルさんより恵まれていたんですから。ハルさんが憧れるほどのワガママな生き方を最初から許されていて、その上ハルさんのことを支配しようとしたんですから。自業自得とさえ、思えたそうです。

こうして会長から解放されたハルさんですが、その矢先、オイルショックというのがあって世の中の景気は悪くなってしまいます。

中東で戦争があって石油の値段が上がって、その影響で物価がどんどん上がっていったって。そんなことがあったんですね、ええ、私はまったく知りませんでした。

石油がなくなるとトイレットペーパーがつくれなくなるって噂が流れて、買い占め騒ぎが起きたりもしたそうです。今回のコロナでも似たようなことありましたよね。昔も今も人間って変わらないのかもしれませんね。

会長はやたらとお店の経営に口を出していましたが、アドバイス自体は的確でした。資金も惜しみなく提供してくれていたので、売り上げの増減に一喜一憂することなくお店を経営することができました。

けれどその会長はもういません。ハルさんは自分の力だけでこのオイルショックの不景気を乗り越えなければなりませんでした。

でも、それは望むところだったそうです。

店を潰してしまう可能性はあるとしても、自分で考えて切り盛りする方が会長の言いなりでやっているより、ずっと楽しかった、と。

楽しんでやったことが必ずしも上手くいくとは限らないのでしょうが、ハルさんは、このオイルショックの時期を一度も赤字を出すことなく乗りきることができました。その後も順調に黒字経営を続けたそうです。

誰に指図されることなく、自分の力でお金を稼いでいるうちに、ハルさんは幼い頃からずっと心の中にあった怒りが薄れているのを自覚しました。

同時にハルさんは、この時期、大きく世の中が変わってゆくのを感じたといいます。

ハルさんによれば、それまでは極端な話、日本人全員が「敗戦のどん底から這い上がる」という同じ欲望を持っていたそうです。飢えないために必要な食べもの、安全で暖かい住まい、高速道路や新幹線、敗戦後およそ二〇年で世の中に増えていったこれらは、ほとんどすべての人が望んだものだったんです。

それがオイルショックの前後からはっきり変わっていったというんです。


曲がりなりにもオリンピックや万博をやれるような国になり、みんなで共有した〝大きな〟欲望が達成されたからなのか、今度は個人個人がそれぞれの〝小さな〟欲望を叶えてゆく、そういう時代になったんです。飢えている人は、とりあえず何でもいいからお腹いっぱい食べられればそれで満足する。でも飢える心配がなくなった人は、その日の気分や好みで食べるものを選びたがるようになる、これはごく自然なことなんだって、ハルさんは言っていました。

その結果として世の中には物が溢れるようになったそうです。個人がそれぞれの欲望を叶えるには、衣食住のあらゆる局面でその人の好みに合ったバリエーションが必要になりますから。物だけでなく、仕事も増えました。コンビニ、カラオケ、フィットネスクラブなど、これまでなかった新しいサービス業もどんどん登場するようになりました。

かつてはほとんどなかった女性がお金を稼ぐ方法も増えていったそうです。

そして、自分で稼げるようになると、ハルさんのように結婚を選ばない女性も増えていきました。結婚をするにしても、親に相手を決めてもらったり、お見合いをしたりする人たちは減って、みんな、自由に恋愛して結婚するようになりました。結婚は、しなきゃいけないものから、嫌ならしなくてもいいものに変わっていったそうです。

これは、ハルさんの言う通りでした。

私、出所してから図書館で調べたんですよ。

オイルショックのあと、七〇年代の後半から八〇年代にかけてはそれまで日本経済を引っ張ってきていた、重厚産業？　っていうんですか、石油とか船とかそういう産業の勢いが衰えて、自動車や家電、それからサービス業が発展していったんですよね。ハルさんのやっていた料亭も、サービス業ですからきっと時流には合っていたんでしょうね。

それに伴い、働く女性の比率が増えて、婚姻率は急激に低下してゆくんです。子供を産まない女性も増えてゆき、日本人の出生率は一九七五年の時点でもう人口を維持するのに必要な水準より低くなっているんです。

ハルさんによれば、これはお金の力が起こした変化なんだそうです。

一部の男の手に偏在していたお金が世の中に回り出したことで、日本人は自分に合った物や生き方を選べるようになった。みんな、どんどん自由でワガママになっていったと言うんです。もちろんいい意味で。

そうです。ハルさんは、結婚する人が減ったのも、子供を産まない女性が増えたのも、それだけ人々がワガママを通せるようになったんだから、いいことなんだと言っていました。

私、この考え方にちょっと……いや、すごくびっくりしてしまいました。

だって結婚する人が減っていることとか、子供が少なくなっていることとかって、社会問題……なんですよね？　世間的によくないこととされているじゃないですか。私もそのくらいは知っています。

私の俗世の知り合いでも結婚していない人は多くいましたし、私自身、駆け落ちした彼とは籍を入れませんでした。でも、決して望んでそうしていたわけじゃないというか……。

ええ、昔より自由になったと言われれば、そうなのでしょう。世の中に物が溢れるようになったのも事実だと思います。

でも、さっきも話しましたが、その溢れる物の中からどれでも好きに選べるわけじゃありません。仮に選べたとしても、それが正しい選択なのか、自信が持てない。俗世に出てきて私はそういう思いに苛まれました。

自由に選べるということを、ハルさんのように明るく前向きに捉えることができませんでした。むしろ何もかもを神様が決めていた『メギドの民』での暮らしの方が楽だったとすら思ったんです。

私にとって自由は必ずしもいいことではありません。だって自由に自分の意思で何かを選んだら、その結果を自分の責任として引き受けなくてはならないから。間違ってしまったらどうしようという心配がいつも付きまといます。誰か自分より間違わなそうな人に全部決めて欲しいと思うことはしょっちゅうです。いいえ、私は実際、子供の頃は親と神様に、駆け落ちしてからは彼に、何でも決めてもらおうとしていました。自由から逃げたかったんです。

確かめたわけじゃないですけど、私の両親が『メギドの民』に入信したのだって、戒律が厳しい教えを信じることで自由から逃げようとしていたんじゃないかと思うんです。でもハルさんがワガママという言葉で自由を語るとき、失敗への恐れはまったくないんです。

私とハルさん、何が違うんだろうっていうことは、出所してからもずっと考えていることです。

まだ答えが出せているわけじゃないんですが……、やっぱりお金かな、と思うことはあるんです。

ハルさんはお金を持っていました。用意されている選択肢のどれでも選ぶことができて、もし間違ってもやり直せて、他人に頼らずとも独りでも生きていけるだけのお金が。十分なお金があって初めて、自由っていいものになるんじゃないかなって。

実際、会長の死後、ハルさんは手にしたお金を使い、欲しいものを買い、好きなことをしました。『春川』のお店も、思い切って建て替えることにしました。ハルさん好みの派手なビルに。

このとき融資を担当したのが、カベちゃんこと、東亜信用金庫の真壁三千雄《みちお》さんでした。最初は飛び込み営業で『春川』にやってきたそうです。

家が貧乏で大学まで進学できなかったという真壁さんは、会長とは何から何まで正反対でした。けれどハルさんはそんな真壁さんに新鮮な魅力を感じ、ビルの件を任せたそうです。

真壁さんもハルさんに強く惹かれ、二人はすぐに恋人……、真壁さんは既婚者なんで愛人と言うべきかもしれませんが、そういう関係になったんです。

真壁さんは元夫や会長のようにハルさんを支配しようとはしませんでした。むしろ、ハルさんを崇《あが》め助けようとしたのです。それがハルさんには心地よかったといいます。

ハルさんはこの真壁さんをはじめ、大勢の人と恋をしました。

気に入った人には躊躇《ためら》わずアプローチをしたそうです。相手に恋人がいようが既婚者だろうが、ここでもハルさんはワガママ、自由でした。

パトロンとかスポンサーになってくれるお金持ちを籠絡《ろうらく》していた頃とは違う、かといって結婚や子作りを目的にするわけでもない、純粋な恋愛とセックスを楽しんでいたそうです。

当時のハルさんは三〇代の後半から四〇代くらいで、「ようやく、娘から女になった頃」って言っていました。ふふ、何かいいですよね。たぶん世間的には四〇歳って中年とかオバサンて呼ばれるような歳、ですよね。

でもハルさんに言わせると四〇くらいから女の本番だって。

私にも言ってくれました、「あんたなんてまだまだ娘、小娘や」って。私の刑期が六年だと知ると「刑務所出てからも娘の範疇。女の人生まるまる残ってるで」とも。本当なんですかね？ でもそう思った方が、楽しく年を取れるような気はします。

ああ、そうそう、それでハルさん、以前のように望まない妊娠をしてしまわないように、手術をしたそうです。

不妊手術です。

年齢を考えれば妊娠する確率は低くなっているんでしょうが、万が一のことを考えて、念のために。

私、これも本当にすごいなって思いました。

この世には子供が欲しいのに授からずに苦しんでいる女性だってたくさんいます。子を宿す能力は女性に与えられた神聖なものと考える人も少なくないです。なのにハルさん、それを自ら捨ててしまうんですから。

本当にワガママ。それと、やっぱり失敗することや後悔することを恐れないんですよね。手術にはリスクもあるだろうし、一度したら簡単には取り返しがつかないのに。

こういう話を聞くと、私とハルさんの違いは、ただお金のあるなしだけじゃなくて、強さなのかなとも思うんです。

ハルさんが言う理不尽な世界への復讐って、後悔や失敗を恐れず強くワガママを通すってことでもあるんですよね、きっと。

お金は善悪を判断しません。だから売ってはいけないものも、買ってはいけないものも、本当はないんです。ハルさんが見抜いたように、お金は自由で平等なんです。残酷なほど。

やがてそのお金が日本中に溢れることになりました。

そうです、バブル景気です。

と言っても、バブルが何かって、私にはほとんどわからないんですけれどね。土地と株の値段がどんどん上がっていったらしいってことしか。一応、プラザ合意がきっかけになって、みたいな話はハルさんから聞いて、自分でも調べましたけど、理解できている自信はありません。

とにかくこのバブルのお陰で日本人はますます自由でワガママになれた――ハルさんはそう言っていました。

ええ。当時の記事はいろいろ読みましたが、そうですね。たしかにバブルの頃の日本人は、世界で一番お金を持っていて、世界で一番ワガママだったように思えます。

たとえば……ゴッホとルノアールの絵を買った実業家が、自分が死んだらその絵を棺桶に入れてもらうつもりだ、なんて発言したって話。そんなことがあったんだって、驚きました。世界中から批判を受けて、引っ込めたらしいけれど、その人は本気だったんですよね。

もちろんそれが、とんでもないことだっていうのは、私にだってわかります。ゴッホやルノアールの絵って人類史に残るような貴重な芸術作品なんですよね。それを自分と一緒に燃やしてしまおうって言うんですから。

でも自由ですよね。自己満足のために、そんな作品を灰にしてしまうなんて底抜けに自由だと思います。

私が俗世で感じたような自由への恐怖も、自由ゆえの苦しさもそこにはありません。ハルさんの言葉を借りずとも、ワガママです。

ちょうどこのバブル景気が始まろうというタイミングで、ハルさんは株を中心にした投資を本格的に始めたんです。

やがてそんなハルさんの投資を応援するグループがつくられることになりました。『春の会』です。

真壁さんが中心になってつくってくれたんです。他にも誠銀《せいぎん》のヤスとか、株屋のシゲさん、と呼ばれている人が『春の会』のメンバーとして、よく話に出てきてました。ヤスは、日本誠商《せいしよう》銀行の河内靖《こうちやすし》さん。シゲさんは、興和《こうわ》証券の長谷部《はせべ》繁治《しげはる》さん、ですよね、たぶん。

　具体的にどんな投資をしていたか、細かい話は聞いていません。とにかくたくさんお金を借りて、借りたお金で株や土地を買ったら、面白いように値が上がって、お金がどんどん増えていったって。何億、何十億やがて何千億と。

ハルさんにとって、お金を際限なく増やしてゆくのは当然のことでした。

お金は自由の源泉なんですから、あればあるほどワガママが叶えられます。

お金が増えれば増えるほど、ハルさんの怒りは癒されていきました。

いつしかハルさんは、お金を増やすことそのものが、この世界への復讐なんだと思うようになっていったんです。

10　河内《こうち》靖《やすし》

へえ、あんたが？

ふふ、こんな時期に東京から、わざわざご苦労なこっちゃで。

ん？　ああ、ええよ、ええよ。マスクなんかせんでも、俺《おり》ゃ気にせんで、今更、コロナんなったところで、じゃけんな。あんたの方こそええんか。

そうよな、マスクで予防でけるもんでもないらしいしな。信じるも八卦。お守りみたいなもんなんじゃろうな。

ほいでもあれか、こんなお守りでもないと心配なんじゃろうな。このクソ暑い中、みんなふうふう言いながらマスクしとるわ。愉快じゃの。

そうよ、愉快よ。コロナのお陰で、ほんま愉快なことになっとるて思うわ。

ほれ、春先、日本にもコロナが入ってきたってなったとき、ティッシュペーパーやトイレットペーパーがなくなったじゃろ。

あれなんかな、典型的な「予言の自己成就」ゆうやつじゃわ。

知らんか。こういうことよ。

まず誰かが「コロナのせいでティッシュがなくなる」て周りに言いふらすじゃろ。まあ一種の〝予言〟よな。別に根拠なんかいらんの。何となくそんな気がするってだけでええ。とにかくその人はなくなったら困るけえティッシュを多めに買うわけよ。その〝予言〟を聞いた人らの中にも同じようにティッシュを買う人が出てくる。半信半疑でも、本当にティッシュなくなったら困るけえな。全員でのうてええ。一部の人がそうやって過剰に物を買うだけで、その物は品薄になる。そうすると最初は〝予言〟なんて相手にせんかった人も、このままだと手に入らんくなるかもしれんとティッシュを買わざるを得んくなる。買い占めるやつも出てくる。そして本当に〝予言〟の通りにティッシュがのうなるゆう寸法じゃわ。

これな、金融やっとる者《もん》にとっては基本のキみたあな話でな。株やら土地やらの投資じゃ、予言の自己成就みたあなことがまあよう起こるんよ。意図的に「この株が上がるぞ」とか逆に「下がるぞ」とかの噂流して、株価操作しようとするんが「風説の流布」

っちゅうやつじゃね。

今回のコロナ騒動は、まず普通はやれんような大規模な社会実験やっとるようなもんじゃあ。人間の集団心理が、社会全体をどう動かすかのな。まあ実験じゃのうて、本チャンじゃけどな。ほんま興味深いで。

できることなら、どういう顛末《てんまつ》になるか、見届けてからあの世に行きたいんじゃけど……そらちょっと難しそうでな。

いや、難しいんじゃ。実はな、俺、癌なんじゃわ。

肺よ、肺。やっぱりタバコやっとるとなるもんじゃなあ。

まあ、俺の世代じゃ、男で吸わんやつの方が珍しかったけどな。若い頃なんざ一日一箱二箱は当たり前じゃったわ。

仕事のあとの一服みたいな、本当に美味《うま》いタバコってのもあるんじゃけど、ほとんどは惰性ゆうかな、何か吸ってないと口寂しいだけなんよな。嫁のやつにさんざん怒られても、健康診断のたびに医者から肺が真っ黒じゃあ脅されても、止《や》められんでなあ。それが中毒ちゅうことなんじゃろうな。

なのによ、定年で仕事を辞めたあとは、だんだん自然と吸えんくなりおってな。歳のせいじゃろうかなあ。同じ頃にちょうど孫が生まれおったんじゃが、娘のやつが「タバコ臭い家に子供連れていきたあない」なんて言いおってな。少し前ならブチキレて、誰のお陰で不自由なく育った思うとんのじゃ、タバコくらい好きに吸わせい、とでも怒鳴りちらしとったとこじゃけどな。

俺も丸くなったんか止め時じゃあ思うての。たまに一本二本、吸うことはあったけえ、完全に禁煙したわけじゃなあけどね。そいでも、ここ五年くらいはほとんど吸ってなかったんじゃけどなあ。身体の内側にはツケが溜まっとったちゅうことかの。

見つかったときはステージⅣ。もう末期での。手術のしようもないゆうことじゃった。一応、最初は抗癌剤治療やったんじゃけどな、歳も歳じゃけ効かんでの。無駄な抵抗やめて緩和ケアってやつに移行したんじゃ。そしたらむしろ調子がようなりおった。半年保たんかも言われとったんが、まだこうしてぴんぴんしとるわ。病院も退院して今は緩和ケア外来ゆうのに通っとるんじゃわ。

病は気からっちゅうが、開き直ったのがよかったんかの。嫁のやつは、心配して損したなんて笑《わろ》うとるよ。

まあゆうても、別にようなっとるわけじゃなあでな。医者が見込んだより進行が遅いゆうだけじゃけ。何だかんだ食は細うなっとるし、ずいぶん痩せたで。昔は一〇〇キロ近くあったんじゃ、見えんじゃろ。今、一番肥えとった頃の半分くらいじゃもん。たぶん来年の今頃は、墓ん中におるんじゃなあかの。じゃけえ、コロナも怖くないんよ。ええんよ、俺にゃもう別に思い残すこともなあでな。まあ家族にずいぶん迷惑かけたし、嫁のことも泣かせたけえ、最期くらいは迷惑かけずに逝きたい思うとるくらいでよ。そんなわけでな、こちとらもうすぐ死ぬ身じゃけ、怖いもんも何もなあよ。何だって話しちゃるよ。朝比奈ハルを小説にするゆうのも、面白そうじゃしな。できれば読んでみたいで、俺が生きてるうちに書いてくれたら、ありがたいんじゃけどな。

て、こらあまた、あんた、懐かしいもんもってきたな。

そうじゃあ、この記事の「一流銀行の投資アドバイザー」ゆうのは俺よ。どういうあれか知らんが、言葉ぁ標準語《東京弁》に直されとって、何じゃこら思うたわ。たしか、あれよ、正月明け。天皇陛下が死んでもうた直後に取材受けたんじゃなかったかな。じゃから八九年のはずじゃわ。じゃろ?

　思い出したわ。こんなときにこんな浮かれた話しとってええんかのうて、みんな言うとったわ。ああ、みんなゆうんは『春の会』のみんなじゃ。

　ふふ、そういや、あんときの何でも自粛自粛ってなった感じは、コロナで緊急事態宣言出たときと少し似とるような気がせんでもなあな。

あん年が株価のピークじゃったんよな。八九年の大納会。三万八九一五円。日経平均が史上最高値を記録したんじゃ。このまま天下取れる思うたんじゃけどな。

　史上最高ゆうことは、天井ゆうことよ。日経平均はこの値より高くなることはなかったんじゃ。最近もコロナの影響で乱高下しとるが、まあ、この先、あの値を超えることはなかろうよ。ああそうよ。あん頃は、俺、誠銀におってな。日本誠商銀行。あんたみたいな若い人じゃと知らんじゃろ。昔は銀行の中の銀行なんて呼ばれとったんじゃけどね。誠銀ゆうんは、普通の銀行とはちょっと違《ちご》うてな。戦前、日本が近代化じゃ、富国強兵じゃゆうときに、国内の民間企業育てるために、国の肝煎りでつくった銀行なんじゃわ。ゆうたら国策銀行よな。敗戦時の業界再編でも生き残って、戦後の復興期から高度経済成長期にかけて日本の産業界を後ろから支えとった。そういう銀行じゃけ、そこらの都銀とは格が違《ちご》うたんよ。まあ昔はな。

じゃけどバブルはじけたとき、御多分にもれず誠銀もとんでもなあ額の不良債権抱えることになってな。後ろにお国がおるけえ潰れることはなかったんじゃが「歴史的役割を終えた」なんてよう言われてな。

金融ビッグバンのときに、ああ、そうゆうんがあったんよ、バブルの後に。まあ制度改革よ。そんとき業界再編の波が起きて、再編ゆうても強いとこが弱いとこ取り込んでくゆうことなんじゃけど、誠銀も、ちょっと前まで格下と思うとった都銀と合併することなってな。ほいででけたんが、メガバンクのいなほ銀行よ。俺もそのままいなほに入ったんじゃけど、朝比奈ハルの件もあったけえ、ヤクネタ、厄介者のことじゃ、そうゆう扱いされとってな。

じゃけど昔の上司が、河内は詐欺には加担しとらんし、不良債権の処理もきっちりしたって、かばってくれてな。どうにか馘《くび》切られるようなことだけはなく、定年まで勤め上げたわ。冷や飯は食ったけどな。

実際そうじゃったんよ。俺は真壁のやつがやらかした、あのアホみたいな偽造のことは何も知らんかったし、最後はババも引かんかった。

結果的には、まあ、真壁と朝比奈ハルに救われたゆうことになるんかな。特に真壁のことはなあ……、恨んだらええんか、感謝したらええんか、今でもようわからんのよ。

ああ、順を追ってな。わかったで。

俺はあれよ、戦後のベビーブームで生まれた団塊の世代ゆうやつじゃわ。生まれは広島と岡山の境にあるど田舎の村でな。大阪来たんはバブルが始まるちょっと前、八三年の秋、三六んときじゃったわ。

自慢にもならんが、じゃりの頃から勉強はようできてな。故郷じゃ神童て呼ばれとって、広大《ひろだい》受かったときも、誠銀に入行したときも、村始まって以来の快挙じゃなんて持ち上げられたもんじゃったわ。

そうやって期待されて、銀行マンになったんじゃが、そっから先はなかなか思うようにはいかんでな。誠銀は国策銀行てゆうたじゃろ、じゃけえ、東大出身者と大蔵省からの出向組が牛耳っとるんじゃわ。広大じゃって国立なんじゃけどな、旧帝大でもない二期校で、て、知らんか。昔はそういう区分があったんよ、まあとにかく誠銀の中じゃ、一段、いや二段は低く見られるんじゃ。

　俺なりに頑張ったつもりじゃったけど、出世コースには乗れんでな、そん年の秋の人事で、大阪本部に新設された第二営業部ゆうとこに転属になったんじゃ。まあ、使い勝手のええ鉄砲玉みたいな扱いよ。

　ほいでも、こんとき俺はもう結婚もしとったし、派手な出世はできんかもしれんけど、それなりに頑張ろう思うて、大阪やって来たんじゃ。

　で、そん年の暮れよ。取引のあった大手ゼネコンの忘年会で、真壁のやつと出会《でお》うたんじゃ。余興のビンゴ大会で同時にビンゴしてな。たしか四等か五等で入浴剤の詰め合わせか何か、もろうたんよな。

　その縁で何となく真壁と立ち話しとるうちに、意気投合してな。

　俺とあいつ、同い年の上にいろいろ境遇が似とったんよ。

　真壁のやつは元は三友銀行じゃったが、傘下の東亜信金に出向ゆうかたちで飛ばされてきとってな。あいつも学歴がなあで、出世コースから外れた身の上じゃった。まあ、あいつの場合は高卒なんじゃけどな。俺らの頃はまだ大手の銀行でも高卒も結構、採っとったんじゃわ。

互いの上役の悪口言い合《お》うとるうちに盛り上がって、二人で飲み直したんじゃけど、こんときのあいつは腰が低くてな、俺のこと「先輩」なんて呼びおってよ。俺ら同い年じゃけど、俺は早生まれじゃけん、学年は一個上なんじゃ。学歴も大卒と高卒じゃし、勤め先も誠銀と地方の信金とじゃ誠銀の方が格は上じゃけな。

大阪来て早々、気の置けん弟分ができたように思ったもんじゃった。

で、その真壁が、紹介したい顧客がおる言うてきてな。

それが朝比奈ハルじゃったわけじゃが、こんときちょうど『春川』は改築工事やっってな。そうそう、木造の店をビルに建て替えるな。まあ目立つ場所じゃけえ俺も知っとって「ああ、あのビル建てとるとこ？」て言うたら、真壁のやつ、ちょっと得意げに「あれは俺が融資したんですよ」なんて言いおったんじゃわ。

何でもな、東亜に出向してきてすぐ、いろんな会社や店に飛び込みで営業かけてたら、『春川』の女将、朝比奈ハルに気に入られて、店建て替えるときの融資を任されたゆう話じゃった。

あいつ、朝比奈ハルに取り入るため、ぎょうさん仮名口座つくったゆうんよな。

ああ、仮名口座ゆうんは、本名じゃない偽名の口座よ。今の言い方じゃと架空口座じゃ。昔はな、これ合法的にでけたんじゃ。ほんまよ。

朝比奈ハルゆうんは、以前、さる関西財界の有力者の愛人やっとって……え、ああ知っとるんか。そうよ、瀬川兵衛よ。瀬川グループのな。『春川』を最初に開店さしたときの資金も瀬川兵衛が出したそうじゃし、店の運転資金の名目で現金もだいぶせしめたらしゅうてな。その金を仮名口座に隠したゆうんよな。ほれ、瀬川兵衛は事故で急死したじゃろ。そいで万一でも遺族に金の返還求められたり、税務署に嗅ぎつけられて贈与税とられても、おもろないゆうことでな。

まあゆうたら脱税の手伝いよ。あの頃はまだいろいろ緩うてな。コンプライアンスなんて言葉もなかったけえ、こういう融通を利かせる金融機関は結構、あったんじゃわ。ともかくそれがきっかけで、真壁は朝比奈ハルの信頼を得て、店をビルにするときの融資を任されたゆうことじゃった。

こっちとしては、金持っとる個人客を紹介してくれるのは大歓迎でな。そりゃありがたいて思うたわ。

誠銀ゆうんは産業振興のための銀行じゃけえ、基本的には企業、それも大企業としか商いせん銀行じゃったんよ。まだ俺が入行する前の高度経済成長の頃はそれでえかったんじゃろうが、オイルショックの時分になると、それじゃなかなか立ちゆかんようなってな。

重厚産業の勢いが鈍って、個人消費が伸びてってな、まあ時代の潮目が変わったんよな。ほいで誠銀も個人の顧客、積極的に開拓することになって。俺が配属された第二営業部ゆうんは、まさにそれをやる部署だったんじゃ。今思えば、こんときもう誠銀の歴史的役割とやらは終わっとったゆうことなんじゃろうけどな。

ともあれ真壁の仲介で、『春川』がビルんなってオープンしたとき挨拶に行ったんじゃ。うん、年は変わって八四年のことじゃ。

まあ例の雑誌にも出とるけど、金ぴかの派手なビルでなあ。店の部分に中庭があったり、屋上がペントハウスになっとったり、つくりも凝っとって、最先端のモダンビルディングゆう感じじゃった。

そのペントハウスの大広間に連れてかれて朝比奈ハルに会《お》うてな。そんときが初対面よ。

事前に真壁からは「さすが瀬川兵衛の愛人だっただけあって、いい女ですよ」なんて言われておってな。どんな人か思うてちょっと期待して行ったんよな。

そしたら、拍子抜けゆうかな。あんとき朝比奈ハルは、五〇過ぎたくらいじゃったっけな。器量は悪くなあし、歳よりは若《わこ》う見えたけど、どこにでもおりそうなオバハンじゃけえな。

でも、こんときの俺にとって重要じゃったんは、朝比奈ハルがそこらのオバハンがまず持っとらんじゃろうってほどの金を持っとるゆうことよ。着とる着物は高そうじゃし、手にはごっつい指輪光らせておるしでな。ビルにも金かかってそうで、羽振りがええんは窺えたわ。

さて、どうやって営業しようかて思うとったら、向こうから「うち、あんたんとこのワリセーゆうの欲しいねん」てな。

ああ、ワリセーも知らんか。昔はテレビCMもずいぶんやっとったんじゃけどなあ。誠銀が売り出しとった一年もんの金融債でな。額面から利息分を割り引いて売って、つまり額面一万円なら九千なんぼで売っといて、一年で額面通り償還するゆう仕組みのもんで、「割引誠商債」通称「ワリセー」ゆうたんじゃ。

あん頃の誠銀は、このワリセーの販売に力入れとったのよ。CMバンバン流してたんもそのためじゃった。俺の第二営業部じゃあノルマもあってな、上役からは死ぬ気で営業せえて、プレッシャーかけられまくっとったんじゃ。

朝比奈ハルは、それをいきなり一億も買《こ》うてくれることになってな。

ははは、もちろん、嬉しかったけど、それ以上にたまげたで。金額でゆうたら、この先もっとすごい額の取引することになるんじゃけど、こんときは不意打ちじゃったけえな。

俺も無邪気に朝比奈ハル様々、紹介してくれた真壁様々て思うとったわ。

そのすぐあとよ。上客紹介してくれた礼ゆうことで、真壁に一杯奢《おご》ることになってな。二人で飲みに行ったん。あいつ、なんじゃ勝ち誇ったみたあに「女将、いい女だったでしょ」て言いおったんよ。

まあたしかに、話しとるうちに気さくで明るくて感じのええ人じゃとは思うたんよ。よう気も利くしな。瀬川兵衛みたいな大物は、こういうタイプに弱いもんかて思うたりもした。

ただやっぱ俺の好みとは違うでな。ま、否定すんのも悪いけえ「まあな」て調子合わせたら、あいつ「実は俺、あの女将と懇《ねんご》ろになってんです」て、訊いてもなあこと打ち明けやがってな。

そうなんよ、真壁のやつ、朝比奈ハルとデキとったんよ。まあ俺かて、女遊びは嫌いじゃないけえ人のことは言えんが、あんな年上のオバハンとようやるとは思うたわな。

とまれ、このあとも朝比奈ハルは、ちょいちょいワリセー買い増してくれてな。毎回一億ずつよ、俺にとっちゃ、ありがたかったで。上役からはええ客掴んだて褒められたし、ボーナスの査定も色がついてな。

それからこの年は、カープが日本一になったんよな。これは仕事と関係なあけどな。ほれ、俺、広島の者《もん》じゃけえ野球はカープじゃわ。大阪来て運が向いてきたて思うたよ。

まあ、ほんまにごっついことになるんは、まだ先なんじゃけどな。

こんとき、もう市場《しじょう》は温まってきとったんよな。八四年に日経平均が初めて一万円超えてな、そっから株価はじわじわ上がり続けとったんじゃわ。

朝比奈ハルも投資に興味を持っとるようで、俺や真壁の他にも興和証券の長谷部やら、伊丹生命の佐藤、農協の藤本やらと取引しとってな。そうよ、のちに『春の会』に名前を連ねる連中よ。みんな顔つなぎで『春川』通っとるけえ、そのうち気心も知れて、朝比奈ハルも交えて飲みに行くようにもなってな。

　何となく、朝比奈ハルを中心にした人の輪ができとった感じじゃったんよ。

　そいで八六年の春先じゃったかな。世の中だいぶ浮かれてきてな、キタやミナミの繁華街じゃボディコンスーツ着た女を見かけるようになった頃よ。大きくことが動き始めたんじゃ。

　俺と真壁と、ほいから証券マンの長谷部が、朝比奈ハルに呼び出されてな。

「ワリセー担保にしてお金つくって、株に突っ込んでみたいんやけどどう思う」て相談されたんじゃわ。

　俺ら三人、顔見合わせたわ。

　実はな、まったく同じこと、今度提案しちゃろうてこっちも相談しとったとこじゃったけえの。

　そうよ。もうこんときバブルが来とったけえ。ふふ、当時は誰もバブルとは言わんかったけどな。

　前の年の九月にプラザ合意があってな。そのあと日銀が金融緩和始めて……。まあごちゃついた話はさておきな、ほれ、さっき予言の自己成就でトイレットペーパーがなくなるゆう話したじゃろ。あれと同じようなもんでな。経済は期待で動くけえ、日本の土地とか株とか買い時じゃゆう期待がぱんぱんに膨らんどったんよな。その期待がいつまで、どこまで続くかは誰にもわからん。じゃけど俺らも金融マンの端くれじゃけん、どんどん株やら土地やらに資金が流れこんどるのはわかっとった。

ほいで株買うにしても、ワリセー担保にするゆうんがミソでな。当時は誠銀がまだ銀行の中の銀行て呼ばれとった時代じゃけ、ワリセーの信用力は額面を超えとったんよ。一億のワリセー担保にすれば一億以上の投資ができるんじゃわ。

もちろんそれなりにリスクのある話よ。じゃけど勝負しがいのあるタイミングじゃった。

それを向こうから言ってくれるんじゃけえ、渡りに船よな。特に株屋の長谷部なんて大喜びでな。賛成です、是非やりましょうて。

ほいたら、朝比奈ハルは、細かい銘柄はこっちに任せるで、ガスとか電気とか石油とか、エネルギーやっとるとこと、その関連企業の株が欲しい、言いよったんよ。

俺らもう一度びっくりして顔見合わせたわ。

これ、ちょっとばかし込み入った話になるんじゃけどな。

当時プラザ合意で為替は円高に触れとって、日銀は金融緩和で金利を下げとった。それに加えてサウジアラビアが原油の増産に転じて原油の下落も始まっとったんじゃ。まあ逆向きのオイルショックみたいなもんよ。

この、円高、低金利、原油安の三つをまとめて「トリプルメリット」ゆうてな。エネルギー関連の企業はその恩恵を受けるから有望じゃった……。か、どうか、本当のことはようわからんのじゃけど、そういうことにして市中に溢れ出した金をそっち方面の企業の株に集中させよて、絵図が描かれとったんじゃ。

描いたのは株屋、証券会社よ。投資先探しとる企業や個人に、これらの株がこれから上がるて宣伝しまくっとったの。

それに誠銀《うち》みたいな金融機関も乗っかった。なんせ金融緩和で金がだぶついてたでな。どこの銀行も新しい融資先を探しとった。じゃから、ちょっとでも投資に興味ありそうな顧客には、種銭《たねせん》はこっちで貸しますけえ、どんどんやりましょうて煽って、資金を融資しとったんじゃわ。

現場の感覚としちゃ、このトリプルメリット銘柄に投資が集中して、相場が跳ねたんがバブルの始まりよ。

朝比奈ハルは、まるでそういう水面下の動きをようわかっとるみたいじゃった。

金融のことなんて何も知らなそうなオバハンが何でじゃて思うて「どうして今、その手の株が買いだって思うたんですか」て訊いたら、「〝うみうし様〟がそうせいてお告げくれてん」言うてな。

朝比奈ハルが〝うみうし様〟ゆう神様信じとるんは知っとったわ。守り神様とかでな。たまに話に出てくるし、ペントハウスにある神棚、見せてもろうたこともあったけえな。半信半疑じゃけど、神頼みも馬鹿にできんもんじゃなて思うたわ。たしかあんときは、いきなり五億くらい株を買《こ》うたんよな。そんだけ派手な取引すりゃ目立つけえな。常連だけじゃなくて噂を聞きつけた一見の金融関係者が次から次へと『春川』に来るようになったんじゃ。朝比奈ハルに取引持ちかけにな。大手の銀行や株屋から、明らかに怪しいヤクザのフロント企業としか思えんようなノンバンクまでな。

　でな、あるとき真壁が言い出したんじゃ。「女将がおかしな連中に食い物にされないよう、ちゃんとした人間だけを集めた会をつくりたいんです」てな。一応懇親会ゆう名目じゃが、この会に入らんと朝比奈ハルと取引でけんようにしようて。もう本人には了解とってあるゆうてな。そうよ、それが『春の会』じゃ。

　あいつ「女将のことを守りたい」とか言うとった。

　まあ大阪の金融界ゆうのは、魑魅魍魎《ちみもうりょう》が跋扈《ばっこ》するとこじゃけん。イトマン事件の許永《きょえい》中《ちゅう》やら、経済ヤクザの代名詞て言われとった山口組の宅見勝《たくみまさる》やら、他にものちにバブル紳士と呼ばれるようになる地上げ屋や金貸しから、ひっそりと悪事を働く有象無象までな。真壁のやつにしたら、そういう連中を近づけたくなあって気持ちがあったんじゃろうな。

今思えば、真壁はこんときもう、そんだけ朝比奈ハルにいかれとったんじゃよな……。え？　はは、そうじゃな。事件のあといろいろ書かれとったよな。朝比奈ハルがええ歳して、お盛んだったんは事実よ。真壁以外の者《もん》ともちょいちょい懇ろになっとったみたいでな。でも俺はなかったわ。実は誘われたことはあったけどな、さっきも言うた通り、好みと違うけえ、やんわり断ったんよ。

まあそれはともかくよ、俺としてもそういう会をつくることは賛成じゃった。せっかくの上客、質《たち》の悪い連中に近づけたくなあでな。

俺らで身元が堅くて信頼できる者らだけに声かけることにしたんよ。最初は全部でちょうど一〇人じゃったかな。『春の会』が立ち上がることんなったんじゃ。

ほいでよ、結成早々、朝比奈ハルが、今度、公開するNTT株が欲しい、〝うみうし様〟が買えるだけ買えゆうとる、なんて言ってな。みんなでかき集めることんなったんよ。

民営化したNTTの株式上場が八七年の二月に決まっとって、もう一般販売の公募をしとったんじゃわ。一回目の放出は一六五万株じゃったっけな。価格は、えっと……、一株一一九万七〇〇〇円じゃ。はは、こういう数字は覚えとるもんじゃの。それまでに例のない大型上場じゃったわ。

公募には一〇〇〇万件以上の応募があって抽選になったし、一人一株限定の販売じゃったけど、まあ『春の会』には興和の長谷部はじめ、株屋も何人かおったけえ。あいつらが中心になって二〇〇株押さえたんじゃ。じゃから二億四〇〇〇万くらいじゃの。NTT株への市場の期待はそりゃ大きなもんじゃったけえ、これが跳ねるのはまあ〝うみうし様〟でのうても、ある程度予想できたことではあるんじゃけどな。

上場初日は買い注文が殺到して値がつかなんでな。翌日の後場《ごば》の終了間際になってようやくついた初値が、一六〇万よ。たった二日、いや実質、一日で三〇パーセント以上値上がりをしたんじゃ。その後もぐんぐん上がって、上場からおよそひと月後の三月四日には、三〇〇万にもなりおった。

朝比奈ハルは三億六〇〇〇万もの含み益を得たわけじゃ。

幸先ええゆうて、どんちゃん騒ぎしたわ。朝比奈ハルが「これも〝うみうし様〟のおかげや、みんなでお祈りしよ」て言うての。まあ正直こんときは、会のほとんどの者《もん》が、〝うみうし様〟なんて眉唾じゃ思うとったはずじゃ。けど朝比奈ハルのための会じゃけん、誰も嫌とは言わんわな。みんなでペントハウス行って、あの神棚に手ぇ合わせたんじゃ。

ご機嫌取りよな。みんな上客の朝比奈ハルに気に入られたかったんじゃ。俺も含めて、みんなな。そこそこ名の知れた金融機関の者《もん》らが、揃ってあの奇妙な神様に祈りを捧げとるんは、傍目にはおかしな様子じゃったろうなあ。

ああ、そうじゃ、あんとき、お祈り終わったあと、朝比奈ハルが言いよったんじゃ。「みんなワガママになりい、好きなことしい」てな。

朝比奈ハルはじゃりん頃、いろんなこと我慢せんとならんかった、日本が戦争に負けてえらい貧しくなったけえな、でも、そんな時代はもう遠い昔じゃ。今は、日本は金持ちになって存分に好きなことができる時代になった、これからもがんがん投資して、もっともっと金持ちになる――とか、そんなことをな。

これには盛り上がってのう。

俺も熱くなったわ。

朝比奈ハルの言うた「ワガママになりい」ゆう言葉が響いてなあ。俺は戦後生まれじゃけど、じゃりん頃はまだまだ貧しくて、ずっと我慢してばっかじゃったけえ。

朝比奈ハルの言う通りでな、ワガママに、やりたいようにやるには、とどのつまり金よ。

じゃから稼ぐんじゃ、稼いで稼いで稼ぎまくるんじゃあて、気合い入ったで。

俺の隣におった真壁のやつも「見返してやるんだ」「女将を盛り立てて、稼ぎまくって、見返してやるんだ」なんてぶつぶつ独り言、つぶやいておってな。

あいつは三友から飛ばされてきたけえな。俺も誠銀で出世コースから外されとる身じゃけえ、気持ちはようわかる気がしたわ。

このNTT株の高騰は世の中へのインパクトもでかかったんじゃ。そもそも注目されとった株が、あっちゅう間に三倍近くまで値を上げたからな。株は儲かるゆうことを知らしめた。どんな広告よりも優れたアピールになったんよな。

今じゃもう信じられんが、当時は定期預金の金利が五パーとか六パーもあったんじゃわ。じゃけどNTT株が上がるん見て、こんな利回りじゃ安い、損じゃと考える者《もん》が増えおった。金は貯めとかんで投資に回さな損てみんなが思い込んだんじゃ。猫も杓子《しゃくし》も株じゃ投資じゃと言い始めたんは、あのNTT株がきっかけじゃった。

朝比奈ハルは、これからもがんがんやるゆう言葉の通り、億単位の取引を何度も追加してったんじゃ。しかも冴えてての。トリプルメリット相場が落ち着いてきた頃、〝うみうし様〟が今度は東京湾岸に土地持っとる会社の株買えゆうとる、て言い出してな。

これも的確な判断じゃったんよ。

トリプルメリット相場の次の仕掛けが、ウォーターフロント相場ゆうてな、東京湾岸地域の大規模開発に投資を集中さすゆうもんじゃったんじゃ。

これもまあ、証券会社のでっち上げに近いもんじゃったけどな。当時湾岸地域にあった工場跡地を再開発したら――ゆう話を勝手につくってな。そうよ地権者の企業にも、東京都にも、もちろん国にもそんな計画なかったんじゃ。けど株屋がそういう計画があるらしいて煽って関連企業株への投資を募って、俺ら銀行が融資をした。したらどっと資金が流れ込んで地価が高騰してなあ、再開発は本当になったんじゃ。波が広がるようにして、次々と再開発計画がぶち上げられ、東京湾岸地区に土地を持つ企業と、開発に関わる企業の株価がうなぎ登りに上がるようになった。トリプルメリットんときと同じ、またも予言の自己成就よ。ほんにあん頃はこんな話ばっかじゃったわ。

朝比奈ハルはこのウォーターフロント相場にも上手く乗りおった。

　そっから先は、まあすごかったで。

八八年、八九年のバブルの絶頂期。青函トンネルやら、瀬戸大橋やらが完成して、繁華街には雨後のタケノコみたいにビルが建って、プールバーやらカラオケボックスやらディスコやら、見慣れん店もバンバンできて、ボジョレー・ヌーボーじゃあ、ティファニーのリングじゃあて、なんや海外のおしゃれな物《もん》は何でも流行ってなあ。リクルート事件みたいな贈収賄が発覚したり、昭和天皇が崩御して年号が変わったりもあったけどな、まあ、世の中全体、いけいけどんどんじゃったわ。

　そんな中、朝比奈ハルは際限なく金を増やしていったんじゃ。投資も株だけじゃのうて、不動産やら先物やらいろんなもんに手ぇ出して、ワリセーもがんがん買い増してくれたんよ。

朝比奈ハルはただ投資するだけじゃのうて、そうやって買《こ》うた株やら債権やらを担保に入れて金を借りて、また別の何かに投資するんよ。これを何度も繰り返したんじゃ。意味わかる？　たとえば手元に現金が一億あるとするじゃろ。それでワリセー買《こ》うて、そのワリセー担保に一億借りて、それで今度は株を一億買う。その株も担保にしてもう一億借りて、今度は土地を買う……この時点で、最初一億だった資産がもう三億になっとるゆう寸法よ。

これ繰り返すと、いわゆる倍々ゲームゆうやつで、どんどん資産が増えていくんじゃわ。

はは、おかしい思うじゃろ。そら実質的には、借金に借金重ねて金増やしとるだけじゃけな。けど、投資で得られる利益が借金の利息を上回っている限り、何の問題もなあの。

俺ら金融機関は、とにかく金を貸したいからな。企業だろうが個人だろうが、ろくに審査もせんと、借りたいゆう者《もん》には貸し付けとった。誠銀《うち》みたいな大手から、ちっこい信組まで、どこでも狂ったように金を貸しとった。実際、狂ってたんかしれんけどな。とにかくたくさん借りて、たくさん投資してくれる者《もん》ほど、優秀な投資家と思われとった。

あんときの朝比奈ハルは、そういう意味じゃあ、国で一、二を争う優秀な投資家じゃったわ。気づいたら誠銀でも最重要顧客ゆうことになってな、俺は上から「朝比奈ハル相手なら稟議《りんぎ》は通さんでええから、貸せるだけ貸せ」とまで言われとった。

朝比奈ハルの名前はあちこちに轟いてな、〝北浜《きたはま》の魔女〟なんて呼ばれるようになった。『春の会』の入会希望者も続々きてな。おかしなのが入り込まんよう、かなり絞ったんじゃが、そいでもいつの間にか二〇人ほどになったかの。みんな一流の銀行や証券会社の連中よ。

更にな、朝比奈ハルは利益が出ると、『春の会』のメンバーと店の者《もん》らに、お祝いじゃやボーナスじゃと、豪華な物や金をようくれたんじゃ。給料よりそのボーナスの方がずっと高くての。

そらみんな感謝するわなあ。するとにこにこ笑って「みんなが喜んでくれたらうちも嬉しいねん」て言うんじゃ。

いつしか朝比奈ハルは『春の会』におる俺ら一人一人にとっても、そのバックの会社にとっても一番重要な取引先になったわ。そのうちメンバーの多くが勤め先じゃのうて『春川』に直接出勤するようになってな。俺もそうじゃった。

ああ、そうじゃね。そんだけ入り浸っとったから『春川』の従業員の人らとも自然に顔見知りになったわ。板長の白木さんやらとは、ちょっと世間話なんかもするようになったかな。そんなに頻繁じゃないけどな。

あん人、身寄りのない戦災孤児の苦労人らしくてな。自分じゃあ料理の才能ないって思うてるけど、今更他のこともやれんで必死にやっとるみたいなこと言うとったわ。俺も誠銀じゃ傍流から必死に這い上がってきたけえ、結構、シンパシー感じたわ。

そうそう、でもあの白木さん、あれで意外と抜けとるんよな。今、話しとって思い出したけど、当時、朝比奈ハルがよう白木さんからかっとるネタがあってな。

ほれ、あれよ、村上春樹の小説。いや、そんな最近のじゃなくて、あのバブルの頃の緑と赤の表紙の、そうじゃ『ノルウェイの森』じゃ。あれ出たの何年じゃっけ？　ああ、八七年か。そうじゃね、そんくらいじゃ。

ふふ、白木さん、別に読書家ゆうわけやないけど、発売されてすぐえらいブームになったでな。読んでみよう思うたんじゃと。ほいでまあ読んでみたらなかなかおもろいで、上巻すぐ読み切って、下巻を買《こ》うてきて読んだんじゃ。そしたら、同じ話が始まったんじゃて。ほいで、くくく、白木さんこれが文学ゆうもんかて感心しとったが、いくら読んでも上巻と同じ話が続く。おかしい思うて、よう見てみたら、下巻と間違って上巻もう一冊買うてもうてたって気づいたゆうんよ。

な？　おかしいじゃろ。

普段、真面目な職人って感じの人じゃけえ、天然ボケゆうんかな、それが余計おかしくてなあ。

え？　ああ、おったね、なんやその白木さんの弟子みたいな女の板前な。家出してきて『春川』で住み込みで働くようになったとか。あの子、あれよなオナベよな。最近じゃLGBTゆうんかな。正直、けったいや思うてたけど、からかうと朝比奈ハルが怒るけえな。気ぃ遣ったで。まあ、そもそも、じっくり話す機会はなかったけどなあ。ああ、そう。あんたあの子にも会《お》うたんか。はは、もう子って歳でもなあか。あんじょうやっとるの。じゃったらえかったわ。

白木さんは？　居所わからんか。まあ、あん人は朝比奈ハルより年上じゃけえな、歳考えたら、もうこの世におらんかもしらんな。

まあ、従業員連中と仕事の話はせんかったけど、なんとなし、仲間意識みたいなもんはあったかな。朝比奈ハルゆうおっきな船の、別んとこに乗ってる感じかの。あの人らは店を回して。俺らは投資の面倒みてな。

そうよ。『春の会』のメンバーはみんな、毎朝『春川』行って、順番に朝比奈ハルと顔合わせて、今日は何買います、いくら融資しますて、打ち合わせすんのよ。メンバー同士でも取引の奪い合いしとったようなもんでな。抜け駆けされてなるかて、しのぎ削って朝比奈ハルのご機嫌とって。

とにかく朝比奈ハルはごつい取引連発してくれるけえ、俺らは、みんな所属先で評価を上げて出世したんじゃ。真壁のやつは東亜で支店長に昇りつめたし、俺も誠銀の第二営業部の次長に引き上げられてな。

まあ熱かったで、あの時期は。ほんまに熱かった。

そら毎日ええ気分じゃったよ。

金もガンガン入ってくるけえ、夜はキタやミナミに繰り出して、ロマコンだろうが、ドンペリだろうが、店で一番高い酒持ってこさせて、しこたま飲んで、飲み明かすこともあったが、興が乗りゃあ、姉ちゃん口説いて、ホテル行ってなあ。

口説くの面倒くさいときは電話ボックスよ。

ああ、これ意味わからんよな。電話ボックスは知っとる？　は、さすがに知っとるか。あの頃な、繁華街の電話ボックスには風俗店やら愛人バンクやらのピンクチラシがべたべた貼られるようになってたんよ。愛人バンクゆうんは、あれよデートクラブよ。デートクラブもわからん？　まあ、ようは売春の斡旋業者なんじゃわ。

そういうとこに電話かけて、その日の相手を探したんじゃよ。

仕事の調子がええときほど、女が欲しゅうなるんよ。男の向上心と性欲ゆうんは、がっちり結びついとるんじゃろうなあ。あのピンクチラシだらけの電話ボックスこそ、バブルの象徴じゃて俺は思うで。

ほいで朝んなったら、会社にも家にも帰らずまた『春川』行くんよ。週の半分以上は寝んと遊んどったかの。ほいでも頭ん中、冴え渡っての。アドレナリンゆうんかな、ドバドバ出るようでな。

あんたが持ってきた記事にもあったけど、三友銀行が、アゴアシ付きで朝比奈ハルをスピーチに呼んだことがあってな。そうそう、八八年の暮れよ。頭取が土下座して頼んだゆうのあれほんまなんじゃわ。

真壁のやつ、そら嬉しそうでな。見返してやれたて、溜飲が下がったんじゃろうなあ。そんなこともあったからか、あいつ、ますます朝比奈ハルに入れ込んでの。「俺はハルさんを世界一の金持ちにしてみせます」なんてこと言い出しおってよ。

どこまで本気だったかわからんけど、まあたしかに、あれよな、金融やる者《もん》にとっちゃ、顧客を世界一の金持ちにするゆうんは一つの夢かもしれんよな。

あんときは、ほんまに世界一になるかもしれんて、そう思わせる勢いが、朝比奈ハルにはあったんじゃ。

とにかくやることなすこと当たりまくるでな。

あんだけ調子がええと、神懸かっとるゆうか朝比奈ハルが拝んどる〝うみうし様〟ゆう神様は、本当におるんじゃないかと思えるようになってきてな。俺だけじゃのうて、みんなよ。

そのうち毎朝、『春の会』全員で〝うみうし様〟にお祈りするようになってん。言い出しっぺは真壁じゃったけど、こんときはもうみんな付き合いで嫌々やっとるわけでものうてな。本気じゃったんよ。みんな本気であの〝うみうし様〟にお祈りしとったわ。

ちょっとした宗教団体みたあになっとったんよ。

いや、そんな可愛いもん違うな……。カルト宗教ゆうた方が正確かもしれんわ。

さしずめ教祖が朝比奈ハルで、『春の会』の幹事やっとった真壁はその右腕ゆうとこかの。

やっぱ真壁は朝比奈ハルとの付き合いも長くて、特別気に入られとる感じじゃったんよな。

それでなあ……はっきりいつ頃かわからんのじゃけど、だんだん、真壁のやつ態度が変わってきてなあ。有り体に言えば、偉そうになったんじゃよ。朝比奈ハルの威光を借りるような形でな。

気がつけば『春の会』をあいつが仕切るようになっとったんじゃ。

真壁はな『春の会』設立したとき、ルールを二つだけ決めとったんじゃよ。一つは〝朝比奈ハルに隠し事をしないこと〟、もう一つは〝会員同士で個別の情報交換をしないこと〟な。悪意のある者《もん》が結託して朝比奈ハルを騙すのを防ぐためゆう名目じゃった。

じゃがな、扱う額がでかくなってくると、騙す気はなくてもメンバー同士で談合めいた打ち合わせをするようになるもんなんよ。

ちゅうか俺がな、やったんじゃわ。興和証券の長谷部と、お互い、どういう取引しとるか明かして、じゃあ次はそっちに譲るからそん次はうちに取らせろみたいな話し合いを。別に大したことじゃなあのよ。朝比奈ハルに不利益あるわけじゃなあし。じゃから、ぽろっと漏らしてしもうてな。

真壁はそれを許してくれんかった。

ある日、みんなの前で「どうして規則が守れないんですか！」て叱責されてな。あいつ会を辞めろとまで言うたんじゃ。殺生なこっちゃで、もし会辞めたら俺ら最重要の大口顧客を失うことになるけえな。

そもそも、いくら幹事だからって真壁にそんな権限あるんかと。俺なんか、会をつくるとき相談に乗った発起人の一人みたいなもんじゃ。格だって田舎の信金と誠銀じゃ、誠銀の方が全然上じゃ。一方的に会辞めろ言われる筋合いない思うたんよ。

けどな、肝心の朝比奈ハルはこういう場面で真壁の味方するんじゃわ。

真壁の言う通りじゃけ、誠心誠意、謝れ、言われてな。

それも生まれたままの裸んなって〝うみうし様〟に謝れ、言われたんじゃ。

あんときは、俺も、ちょっとおかしゅうなってたんかしれんけど、朝比奈ハルに強く言われると、そうせなならんような気になるんよな。ほんまに自分が悪くて、裸んなって謝らなならんゆう気分にな。

そいで、結局、謝ったんよ。俺も長谷部もな。ほんまに裸で。おうよ、フルチンでよ。神棚に向かって土下座よ「〝うみうし様〟申し訳ありませんでした！」って何度も何度も。

まあ神棚のあるペントハウスの広間は外からは見えんけども、ええ大人がそんなことようでけんで。

真壁は俺らを見下ろして言うてたよ。「女将の温情だ。ありがたく思ってくださいよ」てな。

もう悔しいやら、情けないやらでなあ。涙も出てきてわんわん泣きながら謝った。じゃけど、喉から血が出るくらい繰り返し謝って、最後、朝比奈ハルから「もうええよ。〝うみうし様〟も赦してくれるわ」言われたときな、気持ちえかったゆうかな、ほんまに救われたような気分になってな……。

ははは。もうなあ、思い出しても、わけわからんの。どうしてそんな気持ちになったか。やっぱり宗教に近いもんがあった思うで。

この一件は一罰百戒でな。メンバー全員、会の決まりは絶対破ったらならんて、肝が冷えたんよ。俺らの他にも談合っぽいことしとる人はおったはずなんよ。じゃけど、俺らだけそんな目に遭《お》うたんは、やっぱ見せしめじゃったと思うんよな。

集団心理ゆうんは恐ろしいもんでな。みんな疑心暗鬼になって、ちょっと何かあったら、真壁に密告するようにもなった。一種の恐怖政治よな。みんなが真壁にびくびくする一方で、誰も真壁がやっとることを詮索せんようになったんじゃ。じゃから真壁が密かに大それたことするようになっても、誰も気づけんかった。最初からそうなるよう仕組んでたんかはわからんよ。でも、結果的にあの『春の会』ゆうんは、真壁が、情報をいいようにコントロールするための組織になったんじゃ。

まあでもよ、俺はそいでもえかった思うんよな。あのまま、あの熱いんがずっと続いとりゃあよ。真壁が何しとっても、宗教みたいでも、あのまんま、株が上がり続けてくれたらなあ。

がんがん稼いで、朝比奈ハルが言うようにワガママに好きなことして、そいでえがったんじゃ。

でも、それがずっとは続かんかったんは、知っての通りじゃわ。

ほんまはな、金融の常識からしてもバブルんときの株価は異常と言えたんじゃ。株にはな、一株当たり純利益《EPS》やら株価収益率《PER》やら、その株価の高い安いを判断する指標があるんじゃ。バブル期の日本企業の株価はどんな指標を用いても、割高、それも異常な割高と判断するしかないような数字が出とったんじゃけえ。

じゃが人間ちゅうんは見たいようにものを見るもんじゃ。当時日本の株高を異常なことじゃないと思いこみたい連中が「Qレシオ」とかゆうけったいな指標をつくってな。これは企業の持っとる不動産やらの価値との比較を入れて株価を見るんじゃ。するとな、バブルで株価だけじゃなく地価も暴騰しとるから穏当な数字が出てくるんよ。別にこんなん真面目に理解しようとせんでええで、要するに、あらゆる指標が「異常」を示しとる中、無理矢理「正常」を示す指標をでっち上げたゆうことじゃ。そいで金融関係者はみなこのQレシオを持ち上げて、今の日本は決して異常な状態じゃなあ、株価はまだまだ上がってくて吹聴しとった。いや、半分以上は本気でそう信じとったわ。俺もそうじゃから、まったく笑えんがの。

最近も大阪じゃK値とかゆう、ようわからん指標持ち出してコロナの流行はすぐ収まるって言うとったけどな。結局感染者は増えるばかりじゃろ。あれもQレシオみたあなもんと違うんかな。知らんけどな。

バブルが始まった原因は、プラザ合意とそれを受けた日銀の金融緩和言われとるが、日銀はな、バブルのピークじゃった八九年の五月から、その逆。つまり金融引き締めに舵を切っておった。ずっと切り下げてきた公定歩合を上げ始めたんじゃ。

九〇年になって年初から株価が停滞を始めても日銀は公定歩合を上げ続けて、三月には五パーセントを超してプラザ合意のときの水準まで戻したんじゃ。

更にじゃ。時を同じくして大蔵省が、総量規制ゆうんをやりおった。金融機関に不動産向け融資を控えさす行政指導じゃな。バブルんとき、土地は株以上に暴騰しとってな。東京二三区全部合わせた地価で、アメリカ全土が買えたなんて話、聞いたことあるじゃろ。

大蔵省は、これをどうにかしよう思うたんじゃろうな。じゃが、この総量規制が決定打になって、バブルが崩壊したんじゃ。

ちゅうても、最初は誰もそれに気づかんかった。株価は九〇年に暴落するんじゃが、これはこの日に起きたゆう特定の一日をわかりやすく示せんのよ。

株屋の言葉で「弱含み」って言うような、上がったり下がったりを繰り返す中で、上がり幅より下げ幅のほうが大きゅうて結局は下がってくゆう状況がずるずる続いていったんじゃ。

それまで積極的に株買《こ》うとった者《もん》ほど含み損抱えるようになってての。

九〇年の五月、六月頃からは早々と、投機に熱心だった不動産屋や、株の仕手関連の会社が潰れ出した。更に株価は下がり続け、気ぃついたら一年を通して四割近《ちこ》うも株価が下がりおった。これはもう大暴落と言ってええ下げ幅じゃ。

そいでもまだまだ世間は浮かれておって危機感持っとる者《もん》の方が少なかった。来年はまた元に戻るじゃろうて、楽観する者《もん》が圧倒的に多かったんじゃ。

ほれ、茹で蛙ってあるじゃろ。蛙を水槽に入れて水の温度をちぃとずつ上げてく。すると蛙はいつまでも水槽から飛び出そうとせずに泳いどる。気づいたときはもう遅うて、蛙は茹で上がってしもうとる――ゆうやつじゃ。

あんとき、日本中の投資家が茹で蛙になっとったようなもんじゃったわ。

俺ら金融機関も、保有しとる資産の価値がだだ下がりするわ、これまで野放図にしとった融資がどんどん回収でけん不良債権になってくわで、えらいことになったわ。

ほんま、あんときの大蔵省だきゃあ大概にせい思うで。あいつらが突然、引き締めなんかしおったけえ、あんなことになったんじゃ。

インフレ懸念なんてな偉そうに理由付けしとったが、何のことはない、びびりの役人が怖くなってブレーキ踏んだ結果なんじゃ。

アホな話よ。たしかにバブルんとき、土地や株は異常な値上がりをしとった、けどな、市井《しせい》の物の値段、いわゆる物価の上昇率はずっとゆるやかだったんじゃ。調べりゃわかるが、たしか二パーセントちょっとじゃったかな、理想的なインフレ率だったんよ。

怖がるような状況と違《ちご》うたんじゃ。ブレーキを踏むにしても、もっと少しずつでよかったんよ。ソフトランディングする方法はあったはずじゃ。なのに大蔵省は急ブレーキを踏みおった。

綱紀粛正でもしたつもりかしれんがの、その後、日本経済にやってきたんは何じゃった？　心配しとったインフレじゃのうて、デフレだったんじゃ。笑い話にもならんで。

やつらが踏んだらいけんブレーキ踏んだ証明じゃ。

まあ俺のおった誠銀は国策銀行じゃけ、その大蔵省の息ががっつりかかっとったんじゃけどな。

とまれ俺は、可能な限りバブルが続くよう緩和し続けるべきじゃったと思うとるよ。そもそも株が上がって、土地が上がって、金がうなって、みんな豊かになって欲しいもん買えるようになって……バブルの何が悪いんじゃ思うわ。

バブルが崩壊せんかったら、朝比奈ハルも、真壁のやつも、あんなことにならんで済んだんじゃ。そういう意味じゃ、みんな被害者よな。

そうよ。さんざ報道されとったけど、真壁のやつ、四〇〇〇億を超える額の預金証書の偽造をしとった。株価の暴落で朝比奈ハルが出した損失を穴埋めするためにな。

俺はずっと気づかんかったよ。ほんまじゃ。これは他の『春の会』のメンバーもみんなそうじゃったと思う。あいつが『春川』に自分専用の部屋もらって、なんかしこしこやっとるんは知っとったけどな。言うたじゃろ。みんなあいつを怖がってな、誰も詮索せんかったんじゃ。

あいつはあの部屋に東亜で使《つこ》うとるチェックライターと、預金証書の原紙を持ち込んで預金証書つくっておったそうじゃな。東亜の支店長が東亜の備品でつくるんじゃから、まあ見た目は完璧に本物の証書よな。なんぼなんでもそんなことしとるとは思わんじゃろ。

ありゃあ、たしか九一年の四月じゃったかな。この頃んなると、株価が下落してく中で朝比奈ハルの資産にとんでもない含み損が生じとることは明らかじゃった。じゃけん、この期に及んで『春の会』のメンバーは、疑心暗鬼になって情報交換せんと、全体像を把握しとらんかったんじゃ。

そんなとき、俺は上から朝比奈ハル周りの取引を確認して必要なら清算しろて命令されてな。上ゆうのは誠銀の上司でもあるけど、その更に上におる大蔵省、つまり国なんじゃわ。

世間はまだ浮かれとってな、それこそあれよ、東京のジュリアナゆうディスコ、あっこがオープンしたのはこの頃じゃった。じゃけど金融機関はどこもケツに火が点いててな。国も慌て出しとったんじゃ。

そいで俺は思い切って真壁以外のメンバーに声かけたんじゃ。

さすがにみんな、まずいことになっとるて思うとったんじゃろうな、すぐに真壁や朝比奈ハルには内緒で情報のすり合わせしようてことんなったんよ。

ほいで、こんとき最低でも一〇〇〇億以上の不良債権があることがはっきりわかったんじゃ。それでも破綻しとらんのは、真壁と朝比奈ハルが何かやっとるからに違いなあってことも、想像できた。

俺らようやく目が醒めたんじゃわ。

何やっとるかまではわからんけど、とにかくこら、思った以上にまずいことになっとる。下手すると道連れにされる。その前に『春の会』は解散しよう。できるだけ取引を清算して債権を回収せなならんゆうことんなってな。

真壁のおらんとき狙って、みんなで朝比奈ハルに取引清算の直談判することになったんじゃ。

もう梅雨に入った頃じゃけ、六月、九一年の六月のことよ。

ぼちぼち世間の空気もきな臭《くそ》うなっとってな。大手不動産グループの会長が脱税で捕まったり、四大証券会社が一部の顧客に損金の穴埋め、いわゆる損失補填《ほてん》しとるんが発覚したり、イトマン事件でそろそろ逮捕者が出るぞなんて噂が立ったり、まあこれまでのツケを払うみたいな経済事件が次々起きとったんじゃわ。

俺らも他人事じゃなあで、簡単にはいかんじゃろうて覚悟しとった。最悪、朝比奈ハルが破産して、ほとんどの取引が焦げ付いてしまうかもしれんて……。

けど朝比奈ハルは二つ返事で「わかったわ。もう仕舞いにするんやね」言うてな。『春の会』解散さして、取引もきっちり清算してくれたんよ。

俺らにとっちゃありがたいことじゃが、何か拍子抜けしてもうてな。まあ、そうゆうわけで『春の会』のメンバーは朝比奈ハルとの取引で焦げ付きは出さんかった。結果的には、じゃけどな。

けど、これ一種のババ抜きでな。俺らに対してきちんと清算したってことは、その分、焦げ付きをどっかに押しつけてるゆうことなんよ。

俺は『春の会』解散してからは、泥船から逃げる心境で『春川』にも朝比奈ハルにも、真壁のやつにも近づかんかったからな。このあとのことは、全部人伝《ひとづて》の噂や報道で知ったんじゃわ。

朝比奈ハルと真壁は、それまで『春の会』には入れんと弾《はじ》いてたようなノンバンクにババを押しつけおったんじゃよな。真壁が偽造した証書、持ってってそれ担保にして金つくったらしいんじゃ。

連中からしたら、これまで取引したくてもできんかった相手が、信金の預金証書って堅い担保持って巨額の融資を申し込んで来たんじゃ、しかもその預金証書発行しとる信金の支店長が使いになってな。疑いようもなあし、飛び付くわな。

まあ立派な詐欺よ。その場は騙せても、そらボロも出るんじゃわ。当の東亜信金の側が、千日前支店発行の高額証書が出回ってることに気づいてな、内々に調査をしたんじゃわ。そしたら間違いなく真壁のやつが偽造しとるてすぐわかって、警察に相談してな。

捜査が始まった矢先……真壁のやつ、死におったんよ。

道頓堀の畔でな、酒に毒混ぜてあおりおったゆうことでな。そうそう、たしか夾竹桃の毒よ。きれいな花が咲くんで、わりとよう庭に植えたりする植物なんじゃよな。そんなもんに人殺すような毒が含まれとるなんて、俺そんときまで知らんかったわ。

聞いたとこじゃあ最初、警察は朝比奈ハルによる口封じを疑ったそうじゃ。無理矢理毒飲ませたんと違うかてな。でも、アリバイがあったんじゃて。

結局、警察は自殺と断定したんよ。遺書もなあで、動機はわからんけど、詐欺で逮捕されるのを恐れたんと、朝比奈ハルに累が及ばんようにするためじゃろうて当時は言われたよな。まあ、朝比奈ハルが「うちのために死んでや」くらいは言ったかしれんがな。警察はそう踏んで、自殺教唆で立件しようとしたそうじゃが、証明できんかったらしいわ。じゃけど、俺、ちょっと思うんよ。やっぱりあいつは、殺されたんと違うかなて。

ああ、いや、朝比奈ハルじゃのうて……、ヤクザによ。

偽造証書で騙したノンバンクの中にはフロント企業、つまりヤクザがやっとるとこもたくさんあったようでな。『春の会』解散したあと『春川』に、ガラの悪い客が入り浸るようなったたって聞くでな。

まあそうよ、騙されたって気づいたヤクザが真壁のやつをな……。それからな、ほら、真壁が自殺したあと、朝比奈ハルが殺した男おるでしょう？　そうそう、鈴木某《なにがし》な。

俺はまったく知らん人よ。少なくとも『春の会』の関係者じゃなあわ。朝比奈ハル本人も、一見の客じゃったとか言うとるそうじゃが……、あいつもそっち方面の人間じゃったんと違うんかな。

杯を受けた組員じゃなあのは警察が調べとるんよな。でも、どっかの組から依頼受けて、朝比奈ハルんとこに金の回収に行った、チンピラみたいなもんだったんじゃなあか。で、揉めて殺された……。

いや、わからんよ。真壁のことも朝比奈ハルのことも、俺はそんなふうに思うゆうだけでな。今更真相も何もなあと思うけどな。

どっちにせよ、あんなことんなって、朝比奈ハルも真壁のやつもアホの極み、ゆうことよ。真壁のやつには嫁さんと息子もおったのになあ……。そうよ、真壁本人より、残された家族が不憫じゃわ。

俺な、一度、真壁が死んどったとこ行ったことあるんよ。夜中の、ちょうどあいつが死んだくらいの時間な。

街の灯もだいぶ消えて、ほんの少し残ったネオンが道頓堀に映って揺れとった。大阪のど真ん中のはずなんに、ずいぶん寂しい景色でな。あいつ、これ見ながら死におったんかって。

ああ、そういやな、『春の会』解散させたとき、朝比奈ハルがぽつりと言いおったんじゃ。「うちら、また、負けたんかねえ」て。

そうかもしれんよな。

あんとき、俺らみんな負けたんかもしれん。

この国は焼け野原から復興して、がんがん経済成長して金増やして、いけいけどんどんで積み上げていったのに。あんとき、また負けた。

バブルの崩壊ゆうのはそういうことだったんかもしれんの。

11 宇佐原陽菜

それにしても、本当にすごい時代だったんですね。

出所したあと、バブルのことを調べているうちに、私、おとぎ話を読んでいるような気分になりました。

だって私が知っている世界とは何もかもが違うんですから。でも、それは確かに、私が生まれて育った日本のことなんです。

私が知っている国の、私の知らない物語。ハルさんは、間違いなくその主人公でした。

ハルさんは〝うみうし様〟のお告げによって投資をしていたと公言していて、それがマスコミでも面白おかしく取りあげられたりしていました。たしかにハルさんは〝うみうし様〞という守り神の力を借りていました。でも〝うみうし様〞は、ただハルさんを守るだけの神様です。できるのはハルさんの邪魔になる人を殺すことだけ。株価を予想したり、投資の指南をする力なんて、本当はありませんでした。

バブルが始まるのとほぼ同時にハルさんが巨額の投資を始めたのは、〝うみうし様〞とは関係ない自分の判断だったんです。

ハルさんは、学歴こそありませんが大阪に出てきてからずっと毎日、新聞に目を通し、世の中のことをよく把握しようとしていました。ときどき図書館に通い、経営や経済の本を読んでいました。

きっと元来、知識欲や好奇心が旺盛だったんでしょうね。知識を得ること自体、ハルさんにとって楽しみだったので、勉強という意識はほとんどなかったそうです。

蓄えた知識は結果的に、ホステスをやっていた若い頃はお客さんとの会話を豊富にしてくれましたし、自分の店を持ってからは経営をする上での武器になりました。もちろん知識だけで何でも上手くできるわけではなく、やってみて、失敗して学ぶことも多くあったといいます。

そんなハルさんですから、プラザ合意のことも金融緩和のことも把握していました。

本人は、さすがにバブルを予見してたわけじゃないと謙遜していましたが、きっと儲かるという確信を持った上で勝負に出たんです。

でも、最初にそのことを相談した人たち——のちに『春の会』をつくる人たちです——は、ハルさんが自分で判断したと言っても、信じてくれなかったそうなんです。

誰かに入れ知恵されたに違いないと決めつけているようでした。それで冗談で〝うみうし様〟がお告げをくれた、と言ったところ「そうですか、神頼みも馬鹿にならんですな」とみんな納得したというんです。

納得といっても、みんなが〝うみうし様〟のお告げを本気で信じたわけではありません。ハルさんのような大学どころか高校さえ出ていない中年女性が自分の頭で考えて投資を始めたという話より、神様のお告げに従ってやってみようと思ったという話の方が、信憑性があるとみんな思ったということです。

本人たちには自覚はないのでしょうが、彼らはみんなハルさんを舐《な》めていたんです。

でもハルさんは、それに腹を立てることもなく、だったら、そういうことにしようと、思ったそうです。何か新しい取引を提案するたびに〝うみうし様〟のお告げだと言い、これ見よがしに神棚にお祈りしたりして、神様のお告げで投資をする女を演じ始めたんです。

『春の会』ができてからは、メンバーたち全員で〝うみうし様〟にお祈りしたりもしました。

みんなが内心、馬鹿馬鹿しいと思いつつご機嫌取りで付き合っているということは、ハルさんにはお見通しでした。むしろハルさんの方こそが、みんなの想像するハルさんを演じていたんです。

それが愉快だったそうです。『春の会』に参加している人たちはみんな賢いはずなのに、思い込みだけでハルさんのことをわかった気になって、信じてもいない神様にお祈りしているんですから。

しかもその後、バブル景気が過熱する中でハルさんの投資が次々に上手くいっても、誰一人、ハルさんが本当はきちんと相場を読んで投資をしているとは考えませんでした。誰一人、です。

みんな信じていなかったはずの神様の方を信じるようになったんです。〝うみうし様〟はお告げによって未来の株価をハルさんに教えているんだとか、〝うみうし様〟は運気を操ってハルさんの投資を必ず上手くいくようにしているとか。ハルさんはただお祈りをしていただけなのに、各々勝手にまがい物の〝うみうし様〟をつくりあげ、そういう不思議なことが実際にあるんだと信じるようになったんです。

やがてハルさんのことは噂になり、マスコミが取材に来るようになりました。そのときもハルさんは期待される自分を、不思議な神様の力で投資をする〝魔女〟を演じていたんです。

それはハルさんにとっても都合がいいことでした。たとえ面白半分だったとしても

〝魔女〟の持つ神秘性は、多くの人を惹きつけました。何か御利益があるんじゃないかと、投資に興味がなくとも訪れる人もどんどん増え、本業である料亭も大いに繁盛しました。

楽しかった――と、ハルさんは言っていました。

派手なビルを建て、欲しいものは何でも買えて、〝魔女〟として崇められながら、際限なくお金を増やしてゆく日々は、本当に楽しく自由だったそうです。ただ……。

ただ、楽しすぎて目が曇ってしまった、ともハルさんは言っていました。

冷静に考えれば、異常なことはそこかしこにあったといいます。

たとえば一九八四年にやっと一万円台になった株価は八九年には四万円間近まで上がっていました。たった五年でおよそ四倍にもなっていたんです。実体経済がそんなふうに急拡大するわけがありません。市場に異常な量のお金が流れ込んだことで、株価が不自然な膨張をしていることは明らかでした。世の中のことをきちんと見ているハルさんなら、それが実体のない泡《バブル》であることに気づけたはずなんです。

似たことは『春の会』にも言えました。

バブルが絶頂期を迎えた頃、『春の会』もまた異常な変質を遂げていました。その原因は、幹事だった真壁さんです。

ハルさんの恋人でもあった真壁さんは、彼女が〝魔女〟を演じれば、誰よりもそれを真に受け、信じているようでした。ハルさんはそんな真壁さんのことを特別可愛がり、信頼し『春の会』の仕切りもすべて任せていたんです。

そうやって特別扱いされたことで真壁さんは自分を特別な存在と思い込んだのかもしれません。最初、誰にでも腰が低かった真壁さんは、だんだん『春の会』では強権的に振る舞うようになっていきました。

一度、違反をした人を裸にして土下座させたことさえあったんです。しかもその土下座させられた人たちは――え、ああそうです、河内さんと長谷部さんです――二人ともハルさんと関係を持っていました。だから真壁さんの嫉妬も働いていたのかもしれません。

その様子を傍目にハルさんはやりすぎかと思いつつ、むしろ『春の会』の結束が強まっているようでもあり、誰からも不平や不満が出なかったので止めなかったんです。

たぶんこのときすでに真壁さんも『春の会』もおかしくなっていたんです。

けれどハルさんの投資が上手くいき、お金が増え続けているときは、あらゆる問題が覆い隠されていました。

株価にしろ『春の会』にしろ、ハルさんには異常に気づくチャンスがいくらでもありました。でも見過ごしてしまったんです。

気づいて、何か手を打つ前に、それは始まってしまいました。

そうです。バブル崩壊です。

ずっと続くかのように思えた異常な株高は一九九〇年、唐突に終わり、値が下がり始めました。最初はいずれ戻るという楽観が支配的だったそうですが、それらを吹き飛ばす暴落になります。

ハルさんは遠い昔の戦争のことを思い出したそうです。

ハルさんが子供の頃、アメリカとの戦争が始まったとき、大人たちはみんな「日本は不敗の神国だから絶対に勝つ」と言っていたそうです。実際、開戦直後、日本軍は快進撃を続け、毎日のように報じられる華々しい戦果に人々は歓喜し浮かれたといいます。

しかし、いつしか戦況は逆転していました。日本が圧倒的に勝っていたはずなのに、大阪や東京が空襲を受けるようになったんです。なのに、そこまで追い込まれていながら、人々はまだ勝てる、最後は日本が勝つと信じ続けたそうです。

「あんときと、同じだったのかもしれん」と、ハルさんは言いました。

バブルの崩壊は、二度目の敗戦だったと。何に負けたのかさえ、よくわからなかったけれど。また、負けてしまったんだと。

私、その言葉を聞いて、その通りなのかもしれないって思ったんです。

だって私が駆け落ちした彼と見た俗世の様子は、焼け野原って言葉がぴったりだったから。もちろん実際は物が溢れていて、そこら中にビルが建ち並んでいました。そんな一見すると平和で豊かな先進国に思える俗世は、けれど私にとっては荒涼とした焼け野原でした。たぶん、彼にとっても。

この国は一度目の敗戦のときこそ短期間での復興を遂げることができたものの、バブル崩壊という二度目の敗戦ののちは復興もままならなかった。バブルを知らずに生まれた私たちは、焦土に放り出された——そんなふうに思えたんです。

その二度目の敗戦、バブル崩壊のただ中で、ハルさんの資産は溶けるように消え、あっという間に負債に変わっていったそうです。

途端に『春の会』の結束も瓦解し、メンバーはハルさんから距離を取るようになりました。お金儲けのための集まりなのですから、それが上手くいかなくなれば、そうなるのはある意味当然です。それも仕方ないとハルさんは思っていました。

しかしただ一人、真壁さんは違ったんです。

真壁さんは、ハルさんを助けようとして損失の穴埋めを始めたんです。『春の会』の他のメンバーが取引の清算を求めてきたときも、真壁さんはそれができるだけのお金を調達してきました。

「あいつらは信頼できません。これからは俺だけを頼って下さい」などと、むしろ真壁さんは活き活きしてきたそうです。

けれど真壁さんはまともな方法で、お金を調達したわけではありませんでした。

真壁さんは勤め先の東亜信用金庫の預金証書を偽造して、それを担保にして金融機関からハルさんの名義の新しい融資を受けていたんです。

それがとんでもない詐欺だということは私にもわかります。

しかもこれまで取引のあった金融機関はどこもハルさんに支払能力がないことに気づいています。だから真壁さんが取引をする相手は、『春の会』が取引を避けてきたような業者ばかりでした。たとえばフロント企業などの……って、私、この言葉も知らなかったんですが、暴力団のことなんですね。そんな相手から、お金を騙し取ったんです。

ハルさんは止めようとしたんです。そこまでしなくていい。一度破産して、ゼロからやり直せばいいと。しかし真壁さんは聞きませんでした。

真壁さんは、もうすぐ株は値を戻すから何の問題もないと、断言しました。また株価は天井知らずで上がり続け、ハルさんは世界一のお金持ちになれる。自分がそうしてみせると言うんです。〝うみうし様〟が、そういうお告げをくれたんだと。

そうなんです。

真壁さんはいつの間にか自分にも〝うみうし様〟のお告げが聞こえると思い込むようになっていたんです。自分で勝手につくりあげた、まがい物の〝うみうし様〟に、呑み込まれてしまっていたんです。

その真壁さんの目は、ずっと昔、敗戦を受け止めきれずハルさんを犯した父親のそれとそっくりだったといいます。

ハルさんはたまらず〝うみうし様〟に願いました。

カベちゃんを殺してください——、と。

〝うみうし様〟はまたもハルさんの望みを叶えました。真壁さんは死んだんです。〝うみうし様〟が夾竹桃から取り出した毒を飲ませて、殺したんです。けれど自殺と判断されました。

実はこのときもう真壁さんの不正は警察に把握されていたため、ハルさんが口封じのためにやったんじゃないかと疑われたそうです。しかしハルさんは、真壁さんが死んだ夜、お店に常連客を引き留めて遅くまで飲んでいました。完璧なアリバイがあったんです。

でもハルさんは、もうここが潮時と思ったそうです。

警察は、ハルさんこそが詐欺の主犯と見て捜査を続けているようでした。実際に、偽装した証書で損失の穴埋めをしてしまっていますから、言い逃れはできません。

そのうち偽の証書を摑まされたと気づいたフロント企業、つまり暴力団が、ハルさんに追い込みをかけてくるかもしれません。殺される危険さえあります。

残っているお金を持ってどこかへ逃げることも考えましたが、警察と暴力団を相手に逃げ切る自信はありませんでした。

ハルさんはいっそのこと、刑務所に逃げ込んでしまおうと思ったんです。刑務所の中であれば少なくとも命の心配はありませんから。私、そんな発想の転換があるのかと、感心してしまいました。

だからハルさんは、店を閉めて身辺整理をして、警察に自首したそうです――

ハルさんが私に語った身の上話はこれで全部です。

ええ、そうなんですよ。ハルさんが殺した――〝うみうし様〟に頼らず自分の手で殺した――鈴木慎吾という人のことは彼女の話には一度も出てきませんでした。

だから私はてっきりハルさんが詐欺で捕まって服役しているんだと思っていたんです。

無期懲役と聞いていましたが、金額の大きな詐欺ならそういうこともあるのかなって。

私には法律の知識はありませんでしたから、人を殺した私は六年なのにとか、そういう量刑のバランスもよくわかりませんでした。真壁さんが偽造した証書は数千億円ということでしたから、何人もの、いや、下手をしたら何百人もの人が一生で稼ぐ金額より大きいですよね。だから、たくさん人を殺したのと同じくらいの刑を受けているのは、おかしくないようにも思えたんです。

ハルさんが詐欺だけでなく殺人の罪で刑務所に入っていたことを知ったのは、出所後です。

ネットでハルさんのことを検索して、驚きました。ウィキペディアにハルさんの項目があり、そこには、ハルさんは人を殺して刑務所に入ったと書いてあったのですから。

ハルさんは何故《なぜ》、あの殺人の話をしなかったのか。無期懲役囚の仮釈放の条件は年々厳しくなっており、ハルさんは自分が生きている間に刑務所の外に出られないことはわかっていたはずだし、出る気もなかったんだと思います。なのに何故、自分が刑務所に入った直接の理由を、私に話さなかったのか。

私はこれらの疑問の答えに辿り着きました。ハルさんの小説を書くために、関係者を探し話を聞いて回っているうちに。

もうご存じなんでしょうけれど、宇佐原陽菜というのは私の本名ではありません。ペンネームです。ハルさんの名前、朝比奈ハルをローマ字にして並べ替えたんです。気づきませんでしたか。

本名で検索すると、私の事件の記事が見つかってしまいます。過去に人を殺したことがあると知られて無用な警戒をされれば、聞ける話も聞けなくなってしまうかもしれませんから。

あ、私がハルさんの小説を書こうとしているのは嘘じゃないんですよ。そもそもハルさんのことを調べたのも、関係者に話を聞こうと思ったのも、そのためだったんです。

ともあれ、そうやって調べて、話を聞いて、まず確信したのは〝うみうし様〟は実在するということです。

ハルさんが話してくれた通りに〝うみうし様〟が殺したとされる人たちはみな死んでいました。公的な記録では心中や事故や自殺となっていましたが、そんなに都合よくハルさんにとって邪魔な人が死ぬわけありません。〝うみうし様〟が殺していたんでしょう。

ただしこの〝うみうし様〟は神様なんかではありません。人です。誰かがハルさんのために人を殺していたんです。ずっと、それこそ、子供の頃から。

ではこの〝うみうし様〟は誰だったのか。

たぶん、茂さんです。

わかりますか？　誰のことか。ハルさんのお兄さん。終戦直後の一家心中で亡くなったことになっているお兄さんです。彼こそが〝うみうし様〟なのだと思います。

茂さんは、上のお兄さん二人の戦死の知らせが届いたとき、「ハルのことは俺が絶対に守ってやる」とハルさんを慰めていたそうです。

その通りにしたんじゃないでしょうか。

茂さんは父親に犯される妹を守りたかった。だからその父親と、父親の言いなりだった母親を手にかけたんじゃないでしょうか。

両親と一緒に焼け死んでいたのは別人です。

当時、ハルさんの故郷のS村には街から食べものを求めて、戦災孤児や浮浪者がおおぜい流れてきていました。行き倒れてしまう人も多かったそうです。背格好の似た死体を用意するのは難しくなかったはずです。ハルさんのお兄さん、茂さんは行き倒れの戦災孤児と入れ替わり生きていた。そしてそれからもずっと、ハルさんを守っていたんです。

どうしてそんな入れ替わりをしたのかは想像するしかありませんが、疑われないためだったんじゃないでしょうか。

私が話を聞いたハルさんの幼なじみ、植芝甚平さんは、茂さんは体格がよくて運動も得意だったと言っていました。

終戦当時の年齢は一五歳。この頃になると、もう父親にも力負けしなくなっていたんだと思います。そんな兄が妹と一緒に生き残れば、心中に見せかけ両親を殺したとバレるかもしれない。少なくとも疑われる。だから自分も死んだと偽装したんじゃないでしょうか。

一二歳の少女が一人だけ生き残り一家心中だったと言えば警察もそれを信じ、終戦直後の混乱の中、わざわざ丸焦げになった死体を詳しく調べたりはしない――と、茂さんは読み、実際その通りになったんだと思います。

ええ。言ったようにこれは私の想像です。確実に証明しうる証拠はありません。けれどそう考えるだけの根拠はあります。

知りたいですか？　ふふ、知りたいですよね？

でもその前に、一つハルさんが周りに隠していたことを話さないといけません。

それは彼女の目に関することです。

植芝さんによれば、ハルさんは故郷の浜辺に打ち上げられた緑色のうみうしを、金色だと言っていたといいます。この金のうみうしは、のちにハルさんが話す〝うみうし様〟のイメージの原型になったものなんでしょう。

植芝さんは、夕陽の反射でそう見えたんだろうと言っていましたが、違います。うみうしが夕陽で輝いていたのはその通りでしょうが、その反射ではなく地の緑色がハルさんの目には金色に見えたはずです。より正確には、明るい茶色か黄土色くらいの色合いだったのかもしれませんが、とにかく金に近い色に見えたんです。

どういうことかわかりますか。

ハルさんはいわゆる色弱、生まれつきの色覚異常だったんです。差別や偏見を恐れて意図的に伏せていたのか、それとも生活上困ることはなく、誰にも指摘されなかったので黙っていただけなのか。私は後者だと思いますが、とにかくハルさんはこの事実を周りに隠していました。

ハルさんの色覚異常は、赤と緑がどちらも茶色やくすんだ黄色に見えてしまう「赤緑《せきりょく》色弱」と呼ばれるものだったのでしょう。故郷の浜辺に打ち上げられる緑色のうみうしが陽の光を浴びて輝くとき、ハルさんにとっては、それは紛れもなく金色に見えたはずなんです。

これは証拠があります。

色覚異常は一定の法則で遺伝をするのですが、色覚異常者の女性から生まれた男児は、ほぼ確実に色覚異常になるんです。

生物学的にハルさんの息子である人――瀬川益臣さんに話を聞いたところ、彼は幼い頃、母親の似顔絵を描いたとき、肌色と間違って黄緑色のクレヨンで顔を塗ってしまったことがあるそうです。確認すると、何故わかったのかと驚きつつ、彼は自分が色覚異常だと認めました。これはハルさんからの遺伝とみて間違いないでしょう。

ハルさんが色覚異常だったとすれば、血の繋がった兄である茂さんが色覚異常である確率は五〇パーセント以上になります。植芝さんによれば、茂さんも、緑色のうみうしを「金ピカ」と言っていたそうなので、彼もまた赤緑色弱の色覚異常だったんでしょう。

そして……。ハルさんの周りには、もう一人、色覚異常の可能性がきわめて高い人物がいます。

その人は、料理人なんですが食材の目利きが苦手だったそうです。食材の鮮度の目視が上手くできないのは色覚異常者にままあることです。また、その人は間違って村上春樹の『ノルウェイの森』の上巻を二冊買ってしまったことがあるそうです。私、ネットで画像を検索して、これはと思いました。あの本の上巻は赤地に緑、下巻は緑地に赤、それぞれまったく同じシンプルなデザインでタイトルが書いてあるんです。普通の人にはおしゃれなクリスマスカラーに見えますが、色覚異常者には見分けるのがかなり難しいんです。だから間違ってしまったんじゃないでしょうか。

そうです、白木さんです。

おそらくは彼が〝うみうし様〟。行き倒れた戦災孤児と入れ替わった茂さんだったんです。

彼は最初のうちは遠くからハルさんを見守っていたんでしょうが、上阪するのをきっかけに同じ店で働くようになりました。色覚異常のある自分が料理人に向いていないとわかっていたんでしょうね。周囲にも「才能がない」とよく言っていたようですから。でも努力で不利を補った。妹のことをすぐ近くで守るために――きっとそういうことだったのだろうと思います。

ハルさんはそんな彼に守られて、彼女の言うところのワガママを叶えていった。いや、積極的に彼を利用したのかもしれません。両親以外にも三人も殺してもらっているんですからね。

ずいぶん驚くんですね。ということは、あなたは知らなかったんですね。

実は私が白木さんを〝うみうし様〟だと思ったのには、もう一つ大きな根拠があるんです。

それはハルさんが彼のことをまったく話さなかったからです。

刑務所で聞いたハルさんの話に、白木さんは一度も出てきませんでした。だから私が彼の存在を知ったのは、出所後にハルさんのことを調べるようになってからでした。元夫、一緒に上京したミネちゃんこと高田峰子さん、パトロンだった会長こと瀬川兵衛さん、『春の会』をつくった真壁三千雄さん……、ハルさんとそれなりに付き合いがあった人のことはほとんど話に出てきたのに、上阪したときから一緒に『さくら』で働いていて、『春川』を開いたときに引き抜いて、以来ずっと板長を任せていた、そんな人のことをまったく話さなかったのには、理由があると思いました。

たとえば、この白木さんという人の存在に何か重大な秘密があったからじゃないか、と。

そしてハルさんが話さなかったと言えば、鈴木愼吾さん。そう、ハルさんが殺したとされている男性です。

ハルさんは、それまでに両親と三人の男性を〝うみうし様〟、つまり白木さんに頼んで殺しています。どうして、この鈴木さんに限って自分の手で殺したんでしょうか。本人が証言した〝うみうし様〟のお告げ、というのはもちろん嘘です。

私はそもそも、ハルさんは鈴木さんを殺していないと思っています。白木さんもです。そうですよね？

鈴木さんが何者だったのかを、あなたは知っているんじゃないですか？

え？　それは違いますよ。

私は私なりに納得できればそれでよかったんです。私が書きたいのは小説、物語です。事実を追い求めるノンフィクションではありません。疑問に対して自分なりの答えが見つかればよかったんです。

そして話を聞いていく中で、それはもう見つかりました。〝うみうし様〟のことも、殺された鈴木さんの正体も。あの夜、何が起きたかも。

一〇〇パーセント確実に証明する証拠はなくても、私自身が、きっとこうだったに違いないと納得できる答えは見つかったんです。

それで十分だったんです。あとはそれをどうやって私の物語にするか、なんですから。

でも、こうして、あなたがわざわざ私を探し出して会いに来たことで、図らずも答え合わせになってしまいました。

鈴木慎吾という人を殺したのは、ハルさんではなく、〝うみうし様〟でもなく、あなた、だったんですよね？

12

名《な》村《むら》敏《とし》哉《や》

どうぞ。そこにかけてください。

あ、どうも丁寧に。えっと、宇佐原、ヨウナ？　ハルナ？　あ、ヒナですか。宇佐原陽菜さん、ですね。僕は名刺とか持っていないんですけど。あ、いえ、すみません。

そちらこそ、こんな時期にご苦労様です……て、言うのもおかしいかもしれないですけど。

はい。ええ構わないですよ、その、どちらでも。気になるならしたままでも、もし鬱陶しかったら、とってください、マスク。はは、そうですね。

じゃあ、僕もしないでいいですか。はい。

こんなこと、気にしなきゃいけないようになるなんて、本当に世の中変わりましたよね。欧米に比べると日本はましらしいですけど、前と同じような生活ができるわけでもないし。

本当に、いつになったら終わるんでしょうね。こないだ、ネットで読んだんですけど、二年か三年くらいかかるかもしれないって。

まあ僕は人付き合い苦手だし、友達もいないですから、閉じこもる生活は性に合ってはいるんです。配信でドラマや映画観てれば、全然退屈しないし。運動なんて元から大してしてないですしね。ずっとこのままでもいいなって思うんです。

でも、本当にずっとこのままだったら、早晩、僕はこのアパートを追い出されて野垂れ死にするかもしれないですけどね。

貯金なんてほとんどないですよ。

仕事は……バイトで、ええ居酒屋です。駅前の。コロナの影響でシフトがすごく減ってしまって、正直、困っています。

一応、給付金の一〇万円はもらいましたけど、それっぽっちじゃ焼け石に水です。テレワークできるような会社に勤めている社員だったら、こんな目には遭わないんでしょうね。

結局、こういうとき割を食うのは、僕らみたいな不安定な立場の人間なんですよ。

不要不急……ほら、この間《かん》、何度も聞いた言葉だけど。いつも自分のことだって思わされますよ。僕には絶対にやる必要があることも、急がなきゃならないことも、何もないんですから。

僕という人間の存在自体が不要不急なんですよ。大して意味のない仕事をしてぎりぎりの生活をして、ゆっくり死んでいくんです。きっとね。

すみません、いきなりこんなネガティブな愚痴を言ってしまって。

正直言って、父と朝比奈ハルのせいで僕の人生はかなり狂ったと思います。

あ、いや気にしないでください。お話しすること自体は、まったく問題ないです。むしろ興味深いです。あの朝比奈ハルのことを小説にするだなんて。でも、僕はあの人のことを直接知っているわけではないですけれど……。

はい。そうです。父が自殺したとき、僕は中学三年生でした。

当時の父は、東亜信金千日前支店で支店長をやっていて……たしかその二年前、僕が中一の時に支店長になったのかな。酔っぱらって帰ってきて、高卒で支店長はすごいことなんだって言ってたのを覚えてます。

僕は父の仕事のことなんて、ほとんど何も知りませんでしたけど、とにかく、一生懸命仕事をして出世した、大した人なんだろうとは思っていました。

尊敬……と言えば、尊敬してたんでしょうかね。小学校の卒業文集に尊敬する人物を書く欄があって、そこには「お父さん」と書いた覚えはあるんですよ。ただ、心から父を慕っていたかっていうと、そんなことはなかったんです。顔を合わせる機会がほとんどなかったので、慕いようもなかったというか。父はまったく家に帰らず、たまに帰ってきても僕が寝たあとで、起きる前には出勤するような生活をしていましたから。

でも、あの当時はほら「24時間戦えますか」の時代ですから、そういう家は少なくなかったようにも思うんですよ。母も、父が一生懸命働いてくれているから生活できるってよく言ってましたし、僕も、そうか父親ってのは尊敬するもんなんだよなって、義務って言ったら変ですが、そういうもんだと思っていた節はあったと思います。

何にせよ、父の死は寝耳に水でした。

一学期の期末試験が終わったあとの試験休み中でのことでした。朝、電話のベルの音で目が醒めて。起きて、リビングに向かったら母が真っ青な顔で突っ立っていました。

それでひと言「お父さん、死んじゃった」と。

道頓堀の畔で父の死体が発見されたんです。

それからしばらくすると警察がうちに来て、僕と母は父の遺体が搬送された病院に行くことになりました。そこの安置室というんですかね、地下の部屋で父を確認したんです。

そのあと警察官から説明を受けました。毒を混ぜたお酒を飲んだか、飲まされたか、自殺とも他殺とも断言せず、捜査中と言われました。

それから、つらいところ申し訳ないが、家宅捜索をさせて欲しいと言われて、母は「今からですか？」と、驚いてましたが、警察は譲る気はないようで、ええ、そのまま僕らは家宅捜索の立会というのをさせられて、ついでに最近の父の様子などを訊かれたんです。

捜索は一〇人以上の警察官でやっていて、父の書斎にあった物を段ボール箱で次々に持ち出していって、父はただ死んだだけじゃなくて何か大事《おおごと》に関わっていたらしいということは、ぼんやりとわかりました。

でも警察は向こうが訊きたいことを一方的に訊くばかりで、父が何をしていたのか詳しくは教えてくれませんでした。数日後、自殺と断定したという捜査結果を知らされただけです。

はい。僕はもちろん、たぶん母も、朝比奈ハルのことや証書の偽造のことは一切知りませんでした。

突然、雑誌に記事が載って。ええ、それです、「大河スクープ」です。父が死んだ、少しあとでしたっけ。その記事が端緒になって、父がやっていた証書の偽造、巨額の詐欺事件が明るみに出たんです。

突然父に自殺されたショックも癒えぬうちに僕と母は「犯罪者の家族」になりました。

マスコミがうちに押し寄せるようになり、ほどなく朝比奈ハルが殺人事件を起こすと、家のチャイムが一日に何度も鳴らされて、僕も母も表を歩けば記者に囲まれるようになりました。

近所でも噂の的になりました。ちょうど夏休みに入ったタイミングで、学校に行かないで済んだのは僕にとって不幸中の幸いだったかもしれません。

母はすっかり塞いでしまいました。例の「大河スクープ」をはじめ、いくつかのゴシップ誌が父と朝比奈ハルは愛人関係にあったと書き立てていましたが、それが特にショックだったようです。

僕は……むしろ戸惑いの方が大きかったように思います。父には愛妻家というイメージはありませんでしたが、母じゃない女の人とそういう関係になっているということは想像できませんでした。単に僕が子供だっただけかもしれませんけれど。

更に追い討ちをかけるように、父の勤め先だった東亜信金から損害額の弁済を求められました。けれど父が東亜信金に与えた損害は数千億に上ります。とてもじゃないけれど、払えるわけがありません。すると東亜信金は払えるだけでいいからと、父の名義の全財産を求めました。主に貯金と家です。朝比奈ハルは『春の会』のメンバーにずいぶんと気前よく、お金を配っていたんですよね、ボーナスだとか言って。父には三億以上の貯金があったんです。母はそのことさえ知らなかったようでした。まあその三億に家を売った分を足しても東亜信金が受けた被害と比べれば微々たるものだったのでしょうが。だからといって免除してもらえるというわけもなく、僕ら母子《おやこ》は、住む場所もお金も失いました。ずっと専業主婦だった母は突然、無一文のシングルマザーになってしまったんです。

僕らは東京に住む母の親戚を頼り大阪を離れることになりました。都下の安アパートで母と二人暮らしになったんです。

親戚が多少の支援はしてくれましたが、それでも大阪にいた頃と比べると生活はだいぶ貧しくなりました。ずっとお金に苦労したこともなく労働とは無縁だった母も、フルタイムで働かなければならず……。あまり不平不満を言わない人でしたが、苦労していたんだと思います。

そんな中でも母は僕を大学に進学させてくれました。「大学くらい出ておきなさい」と。父は高卒で苦労したという意味のことをよく言っていたんで、母もそれは頭の中にあったんだと思います。

僕自身も正直、モラトリアムが欲しかったというか、そこまで勉強したかったわけでもないんですが、高校卒業してすぐに社会に出るのは嫌だったので……。

母の給料では学費全額賄うのは難しかったから、奨学金を借りることになって、三流私大にどうにか滑り込みました。はは、三流なんて言ったら、母校に悪いですね。僕はいわゆる団塊ジュニアってやつで、あ、厳密な定義だと第二次ベビーブームのピーク後に生まれたからポスト団塊ジュニアって言うらしいんですけど、まあ、世代的にはほぼ一緒で、同級生の数は多くて、それでいて今みたいに大学はたくさんありませんでしたから、平均点、つまり偏差値五〇だったら行く大学ないって言われていたんですよ。だから三流とは言っても、当時は必死で勉強したし、合格したときは嬉しかったですよ。

大学の四年間は、それなりにですがキャンパスライフというやつを楽しみました。母と住んだアパートから通ったので、バイトをすれば遊ぶお金も多少は工面することはできました。

こちらから明かさない限り、僕が犯罪者の息子だということは誰にもわかりませんでした。

父の死後、籍を抜いたので名字が違ったし、それにあの頃は、バブル崩壊の煽りでいろいろな経済事件が矢継ぎ早に起きていました。東京では、そもそも朝比奈ハルの事件を話題にする人なんてほとんどいませんでした。いや、大学生なんてそんな社会や事件のことにすら大して関心がなくて、みんなカラオケに夢中でした。

あの頃、九〇年代の中頃は、実体としてのバブルはとっくに崩壊していたけれど、感覚としてのバブルはまだ続いていたように思います。特に親から仕送りをもらっていて、社会との接点が消費しかないような学生たちは、みんな浮かれていました。

僕はそんな連中に比べれば、苦学生の部類に入ったんだと思います。お金のかかるサークル活動には参加できなかったし、土日は大抵バイトで潰れました。親のスネをかじれるやつらを、いつも羨んでいました。

でも、食うに困るようなことはなかったし、就職すれば何とかなるだろうと思っていたんです。

数年で奨学金を返して、結婚もして、母のことも少しは楽させてやろうって。父のように馬鹿げたことはしないで、身の丈にあった平凡だけど幸せな家庭をつくれればいい、そんなことを思っていました。

けれどそんな平凡でさえ、すでに身の丈に合わなくなっていたということを、僕は思い知ることになります。

就職氷河期ってわかりますか？　そうですよね、世代じゃなくても、さすがに聞いたことくらいありますよね。バブル崩壊後、企業は採用を絞るようになり、特に大学の新卒生に対する就職難の状況が生まれました。僕が就職活動をしたのは、まさにその氷河期の真っ只中だったんです。

何社くらい受けたかな。たしか五〇とか、六〇くらいだったと思います。もう少し時代があとになると一〇〇社以上受けるのも当たり前になったそうですが、僕の頃はまだネットでやりとりするのは一般的ではなかったので、そのくらいでした。その代わりハガキで資料を請求して、履歴書を封筒に入れていちいち郵送するんです。きっと今どきの就活生には信じられないと思いますよ。

まあこんなのは、ただ面倒なだけで大したことじゃないんです。きついのは、それだけ受けても全然内定が出ないことなんですよ。まるで自分の存在がまるごと否定されるみたいで。

面接で父のことに触れてくる会社もありました。「お父さんが犯した罪をどう考えていますか」と。驚きました。誰にも知られていないと思っていましたから。

一度そういうことがあると、落ちるたびに父のせいかもしれない、あの父のせいで僕はまともな就職はできないんだって、疑心暗鬼になっていって……冷静に考えたら、そんなことまで調べる会社がそうそうあるはずないんですけどね。あのときは、もう絶望的な気分で、だんだん就活そのものに投げやりというか後ろ向きになっていったんです。

そんなんで上手くいくわけがありません。結局僕は就職先を見つけることができず、アルバイトで食いつないでいくことになりました。

でもこの期に及んでも当時の僕はまだ少し、楽観していました。大学の同級生で就職しないやつは結構いたので。何とかなるだろうってどこかで思っていたんです。

でも、何ともなりませんでした……。

僕が大学を卒業した頃から、母の体調がどんどん悪くなって……いや、たぶんもっとずっと前から悪かったんだと思います。それがこの頃になって、隠しようもない症状として現れるようになったんです。急な頭痛や発熱、血圧も高かったし、お腹もよくくだしていました。でも本当に病んでいたのは心です。

母は父が事件を起こすまではお金で苦労したことなどなかったはずです。贅沢をしているという自覚はなかったかもしれませんが、たとえばスーパーよりデパートを好んで利用していましたし、新聞の折り込みチラシを見てセール品を探すような習慣もありませんでした。働いてお金を稼ぐことはなかったけれど、炊事洗濯掃除などの家事はしっかりやっていて、家の中はいつもピカピカでした。毎日、陽が昇る前に起きて僕が学校に持っていくお弁当をつくってくれたし、ＰＴＡ活動なんかも積極的に参加していました。そうやって妻として母として家を守ることに誇りを持っていたようにも思います。

ところが、東京に移り住んでからはそうもいかなくなりました。デパートなど滅多に行けなくなり、毎日一〇円の高い安いを気にして、スーパーや一〇〇円ショップをハシゴし、昼も夜も働いているので、家事なんてやっている暇はありませんでした。

父が事件を起こしたとき、まだ子供だった僕は、比較的すんなり東京での暮らしを受け入れることができたんですが、母には難しかったんだと思います。ときどき「みじめで嫌になる」って泣いてました。散らかった部屋の真ん中で。

持っている物の数でいったら、東京に来てからの方が増えたんです。以前はすぐに捨てていたチラシやコンビニのレジ袋、ペットボトルなんかを使えるかもしれないからととっておいたし、一〇〇円ショップではプラスチックの雑貨をいろいろ揃えました。まめに掃除ができない狭い部屋は物で溢れていました。でも、貧しかった。きっとそこに母が本当に欲しかった物は、何一つなかったんです。

そしてある日の朝、母は布団から起き上がれなくなってしまいました。声をかけても「ごめんね」と泣きながら繰り返すばかりで。そんな日が何日か続いたあと、少し回復して仕事に行けるようになったんですが、しばらくしたらまた起きれなくなって……やがて「死にたい」と言い出すようになりました。

それで医者に行かせたら、うつと診断されたんです。

母はほとんど働けなくなりました。僕独りでは十分な生活費と母の治療費を稼ぐのは難しく生活は困窮しました。その上、もしこのまま母が寝たきりにでもなったら、僕が介護しなきゃならないのかと絶望的な気分になったんです。

バイト先で知り合った女の子と恋愛らしきことをしたこともあったんですが、こんな状況では結婚なんてできるわけもありません。僕自身もきっと陰気になっていったんだと思います。だんだん深く付き合う人も減っていって。三〇になる頃には恋人はおろか、友達らしい友達もいなくなっていました。

母が死んだのは、二〇〇八年の暮れのことです。僕は三二歳で、ああ、ちょうどリーマンショックがあって、派遣の雇い止めがあちこちであって。そうそう、年越し派遣村、日比谷公園でしたっけ？　あれをやってた頃です。

当時、僕が働いていたファミレスでは特に馘切りはなかったんですが、やっぱり不安ではありました。ずっと非正規のままで結婚もできず、調子の悪い母と二人、この先どうなるんだろうって。そんな中、突然。

心筋梗塞でした。もともと血圧が高くそのリスクはあったんですが……長年溜め込んでいたストレスが引き金になったんじゃないかと思います。ただ僕ときたら、ずっと一緒に暮らしていた実の母が亡くなったというのに、寝たきりになったり、介護が必要な状況にならず死んでくれたことに、ほっとしていたんです。母のことはずっと重荷でもあったから、これで少し楽になれると、どこかで喜んでさえいたんです。

たった独りの家族なのに酷い息子ですよね。

自己嫌悪と同時に、改めて自覚しました。

父に対しての、憤りを。

あれはたしか二〇〇〇年くらいだったかな、だから大学を出てアルバイトをしていた頃ですが、突然、僕の携帯電話――あ、当時はPHS《ピッチ》でしたけど――に大阪府警から電話がかかってきたんです。以前、家宅捜索で押収した証拠品を返却、ないしは処分したいので、遺族の誰かに来て確認してもらいたいとのことでした。実は裁判が終わってから母に何度か連絡をしていたようなんですが、そのたび母は「行く」と答えるものの来なかったというのです。それで代わりに息子の僕に来て欲しいと。

証拠品は言わば父の遺品です。心身ともに弱っていた母が、いざとなるとなかなか足を運べないのはわかる気がしました。僕だって父のことなどできれば忘れたいと思っていたので、最初は確認なしですべて処分してもらおうかと思ったんですが、たとえば高級時計とか、そういう換金できそうな高価なものでもあればと、行くことにしたんです。母には内緒で。

警察署の倉庫のようなところで、たしか一〇個くらい段ボール箱が並んでいて、必要な物だけを僕が持って帰り、残った物は警察の方で処分するということでした。

そのほとんどは当時、父が仕事で使っていた資料や帳簿の写しでした。正直、期待外れで無駄足と思いました。

ただ、その中に父の手帳があって、毎年買い換えていたみたいで一九七五年から、自殺した一九九一年まで一七冊も。

これだけ引き取ることにしたんです。

父は手帳のスケジュール欄を使って、短い日記をつけていたんです。僕は父がやったことを報道でしか知りませんでした。もしかしたら、これを読めば報じられていないようなこともわかるのかなと。興味……といったら変ですが、知りたいという気持ちはあったんです。

日記と言っても、ごく簡単な、メモ書き程度のもので、何も書いてない日の方が多く、それほど期待したわけでもありませんでした。

まあ、それで……結論から言えば、報じられていること以上のことは書いていませんでした。いや、ある意味報道の裏付けが取れたとは言えるのかもしれません。ただ、それは決して気分のいいものではありませんでした。

証書を偽造していたことの他にも、父が朝比奈ハルと関係を持っていたことや、〝うみうし様〟と言うんですか？　朝比奈ハルが信じていた神様を父も本気で信じるようになっていたことなど、当時、ゴシップ誌に載っていた真偽不明の噂も概ね本当だったことがわかったんです。

あの、これ、その手帳の一部をコピーして抜粋したものです。ええ、構いませんので、どうぞ。

1977年　6月6日　『春川』の女将とやっとアポ。

1977年　9月7日　『春川』の女将から仮名口座の依頼。部長に確認。

1977年　9月28日　『春川』仮名口座、1000万3年定期5本！　やった！

これらは父が朝比奈ハルの料亭『春川』に飛び込み営業をかけて、仕事上の付き合いが始まったときのものと思われます。

仮名口座、つまり架空名義の口座を融通して、大きい定期の契約が取れたときは喜びを表現してますが、簡単な仕事の記録という感じです。

それが一年くらい経つと、朝比奈ハルの呼び名は〝『春川』の女将〟から〝ハルさん〟に変わって、こんなことを書くようになります。

1978年　5月3日　『春川』でハルさんと会食。板前の白木さんの料理はいつも素晴らしい。

1978年　5月7日　俺は世界で一番幸せな男だ。

1978年　6月8日　ハルさんのことを愛している。彼女のために精一杯尽くそうと思う。

たぶん「世界で一番幸せな男だ」って書いた日が、結ばれた日なんでしょうね。これからしばらく、好きだとか、愛してるとか、歯の浮くようなことがよく書かれるようになります。頻繁に逢い引きしたり会食したり、時に休みを合わせて旅行に行っていると思《おぼ》しき記録もありました。

母に内緒で行ってよかったと思いましたよ。こんなのは母には見せられないですし、正直僕も読んでられないと思いました。まあ、父にしても誰にも読ませるつもりなんてなかったんでしょうが。

その後も父と朝比奈ハルの一種公私混同した関係は続いていきますが、一九八三年にビルの建て替えのために大きな融資をしてからは、投資の話が増えてゆきます。

1983年　2月12日『春川』ビル建て替え融資10億。問題なしとのこと。ハルさんの喜ぶ顔が楽しみだ。

1984年　1月19日リニューアルした『春川』へ。ハルさんがワリセー欲しがっていたので、誠銀の河内さんを一緒につれてゆく。ハルさん、ワリセー1億購入。ただし、河内さん、ハルさんに気がある様子。要注意。

1986年　4月10日　ハルさんから投資の相談。河内さん、長谷部さん同席。ワリセー担保に資金繰りして投資したいとのこと。トリプルメリット銘柄主軸。うみうし様のお告げとのこと。ハルさんには普通の人にはない特別な力があるのだろう。

1986年　5月19日　長谷部さんから連絡、ハルさんの買った株、大きく値上がり。やはりハルさんは特別な人だ。不思議な力がある。

1986年　9月4日　ハルさんにおかしな連中が近づかないようにする仕組みが必要だ。俺は命を賭けてでもハルさんを守りたい。

1986年　9月25日　ハルさんに資金繰りのため新約取消500万。問題なし。投資する業者を限定するグループ『春の会』結成の話も。ハルさんは賛成してくれた。

ちょうどバブル景気が始まる頃、朝比奈ハルは本格的な投資を始め、父は彼女のために『春の会』をつくります。父の中で朝比奈ハルが大きな存在になっていることが窺えます。

ここに出てくる「新約取消」というのは、新しい定期預金を組んで証書を発行したら、すぐに解約することなんだそうです。

普通は解約したらその場で証書を回収するんですが、わざとそうせず顧客の手元に証書を残すんです。これは解約済みで何の資産価値もないただの紙切れなんですが、見た目ではわかりません。顧客はこれを担保にして別のところからお金を借りるという、言ってしまえば不正なんですが、最終的に不渡りを出さず解約済みの証書を取り返せばバレないらしいです。

父は朝比奈ハルのための新約取消を二、三ヶ月に一度ほどの頻度でやっていたんです。ええ、父はバブルが崩壊して朝比奈ハルが巨額の負債を抱えるずっと前から、彼女のためにこういう小さな不正を何度も繰り返していたようです。

そして八〇年代の後半になり、バブルの絶頂期を迎える頃になると、日記の文章量が増え、おかしなことを書くようになるんです。

1988年　9月30日　ハルさんの投資は今月も好調だった。今日の時点で含み益200億を超えた。しかしこれで浮かれて『春の会』の結束が緩まないように気を引き締めなければならない。本気でハルさんのことを想っているのは俺だけだ。俺がしっかりしてハルさんを守るんだ。

1988年　10月2日　素晴らしいことが起きた。一心不乱にうみうし様にお祈りを捧げていると声が聞こえたのだ。うみうし様の声だ。「お前が頼りだ。お前がハルを支えるんだ」と言われた。なんと光栄なことだろうか。ああ、ついに俺はハルさんと同じようにうみうし様の声を聞けるようになったんだ。

1988年　11月25日　うみうし様から俺に直接、お告げがあった。「ハルを世界一の金持ちにしてやって欲しい」うみうし様はたしかにそう仰った。世界一、途方も無いがハルさんならそれができるはずだ。いや、世界一こそがハルさんに相応《ふさわ》しい。やってやろう。俺はもうしがない信金マンじゃない。ハルさんと一緒に世界一を目指すパートナーなんだ。

1988年　12月4日　なんと気分がいいんだろうか。三友の頭取がハルさんに土下座をした。あんな、ただ東京でふんぞり返っているだけのやつが、世界一のハルさんに何かを頼むのだから、そのくらいは当然だ。本当に胸がすいた。でも、俺は三友に感謝しなければいけないかもしれない。三友が俺を東亜に飛ばしてくれたから、ハルさんという素晴らしい人に出会えたのだから。

１９８９年　７月25日　河内と長谷部を処罰した。ハルさんが望んでいるならあの二人と何をしようと、それはかまわない。しかしあいつらは、それに甘えて規則を破った。厳しく処分せよとうみうし様も仰っていた。当然のことをしたまでだ。

父は朝比奈ハルが信じる〝うみうし様〟の声が聞こえていたようなのです。もちろんそれは父の思い込み、都合よく自分の頭の中でつくった妄想だったんでしょう。でもなんだか、この時期の日記は楽しそうなんですよ。書いていることから垣間見える事態は異常なんですが、本人はすごく毎日が楽しく充実していたことが窺えるんです。ただ一九九〇年、株価の下落が始まりいわゆるバブル崩壊が始まると、その楽しさが消え去り、文章も混乱するようになります。

１９９０年　４月２日　馬鹿げている。株価が上下するのは当たり前じゃないか。それを少し下がったくらいでオタオタするようなやつはハルさんの傍にいる資格はないんだ。

１９９０年　４月28日　戻る。株価は必ず戻る、反発し更に飛躍する。連休明けだ。

連休明けから大きく反発すると、うみうし様も言っている。俺たちはただそれを待てばいい、それだけなんだ。

1990年　5月14日　ほらみたことか。上がったじゃないか。戻ってきているじゃないか。大丈夫だ。ここからぐんぐん行くぞ。大逆転だ。

1990年　8月24日　焦るな。焦ってはいけない。うみうし様も言っている。大丈夫だ、大丈夫だ、大丈夫だ、大丈夫だ、大丈夫だ、大丈夫だ、大丈夫だ、大丈夫だ、大丈夫だ、大丈夫だ、大丈夫だ、大丈夫だ、大丈夫だ、大丈夫だ、大丈夫だ、大丈夫だ、大丈夫だ、大丈夫だ、大丈夫だ、大丈夫だ。

1990年　8月31日　どうしてこんな簡単なことに気づかなかったのか。うみうし様は必ず株価は戻り、また上がると言っているのだ。これは確実な未来だ。だったら、それまでの間をしのげればいいのだ。新約取消で間に合わなければ、証書自体をつくってしまえばいい。

1990年　12月28日　ハルさんを信じろ。うみうし様を信じろ。ハルさんを信じろ。うみうし様を信じろ。ハルさんを信じろ。うみうし様を信じろ。ハルさんを信じろ。うみうし様を信じろ。ハルさんを信じろ。うみうし様を信じろ。ハルさんを信じろ。うみうし様を信じろ。ハルさんを信じろ。うみうし様を信じろ。ハルさんを信じろ。うみうし様を信じろ。ハルさんを信じろ。うみうし様を信じろ。ハルさんを信じろ。うみうし様を信じろ。ハルさんを信じろ。うみうし様を信じろ。ハルさんを信じろ。うみうし様を信じろ。ハルさんを信じろ。うみうし様を信じろ。

この日記を読む限り、九〇年の八月の時点で父は証書の偽造を行っていたようです。そして一九九一年の手帳には、元日、一月一日に抱負のようにこんなことが書かれていました。

1991年　1月1日　俺は必ず、ハルさんを世界一の金持ちにする。

父が自殺したのはこの年の七月七日、七夕の夜でした。最後の日記はその三日前のものでした。『春川』の板前さんと飲んだらしく、気分がよかったのか、文面は落ち着きを取り戻していました。しかし……。

1991年　7月4日　板前の白木さんと飲むことになった。俺とは別の形で長年ハルさんを支えてきた人だ。余計なことを言わずよく俺の話を聞いてくれる。彼にはハルさんに対する邪《よこしま》な気持ちはないようだ。「私は料理はできるが金のことはわからない、真壁さんだけが頼りだ。女将を助けてあげて欲しい」と言われた。当然だ。俺は死んでもハルさんを守るんだ。

この三日後に自殺すると知って読むと、このとき死の決意をしたようにも読めます。手帳にも遺書らしきものはありませんでした。

だから自殺の動機はわかりません。でも、かなり心のバランスを崩していたようですから、何があっても不思議ではなかったのかなと思います。

僕がこの日記を読んで感じたのは……怒りです。

日記には家族のこと、僕のことも、母のこともまったく書かれていません。『春の会』のメンバーや、『春川』の板前さんの名前さえ出てくるのに、僕らのことは一文字も書いていないんです。

そのこと自体は、いいんです。僕だってあの頃、父のことなんて何も気にせず生きていましたから。僕が腹立たしいのは、父だけいい思いをしているということです。最後は自殺してしまったけれど、バブルの時期、朝比奈ハルと一緒にものすごい額のお金を儲けて、いい思いをしていた。母を裏切って浮気もしていた。日記からは充実した日々が窺えます。いちいち書いてないけれど、贅沢だってたくさんしたに決まっているんです。

なのに僕は、バブルが崩壊したあとのいつまで不景気が続くのかわからない世の中に放り出されました。心を病んだ母と、犯罪者の息子というレッテルのおまけ付きでね。就職も結婚もまともにできませんでした。

ずるいと思ったんです。父のことを。僕が手に入れられなかったものを全部手に入れて好き放題やった挙句、最後にツケを全部僕に押しつけて、本当にずるいと。

今でもこの怒りは収まりません。

……憎いです！

父が！　朝比奈ハルが！

いや、あの時代、いい思いをしたやつら全員が憎い！

できることなら皆殺しにしてやりたいくらいですよ！　何がバブルだよ！　ふざけん

じゃないよ！　ああ、畜生！

あ、すみません、ええ……大丈夫です。

笑ってください。こんなふうに、頭に血を上らせて、興奮しちゃって、惨めですよね。

わかってるんです。本当は僕に怒る資格なんてないってことは。だって結局、僕の本音は、「俺もいい思いしたかった」なんですから……。

はい。さっきも言いましたが、僕は朝比奈ハルのことを直接は知りませんし、父が自殺したあと彼女が殺害したという人のことも、もちろん知りません。

ええ、その、鈴木愼吾さん、という方ですか。その人のことは父の日記にはまったく書かれていませんでした。

あの、これは僕の勝手な希望なんですが……。

できれば、ええ、本当にできればでいいんですが、その、あなたの書く小説で、朝比奈ハルをちゃんと悪者にして欲しいんです。

実はいい人でしたとか、彼女なりに懸命に生きてきたとか、あるいは、差別や偏見と闘ってのし上がったけれど最後は破滅してしまった悲劇のヒロインだったとか、そういうのじゃなくて、お金儲けのために父や僕やたくさんの人の人生を滅茶苦茶にした極悪人だったって、ちゃんと書いて欲しいんです。

13　宇佐原陽菜

あなたはずっと、ハルさんのことが気になっていたんじゃないですか？　やってもいない殺人の罪を着せてしまって本当によかったのかと。刑務所の中の様子なんてわからないですからね。一〇年、二〇年と月日が流れる中でも、心の片隅にはあったんじゃないですか。

そんなあなたの元を私は訪ねた。小説を書くためにハルさんのことを調べていると。あなたの他にも、私のような若い女がハルさんに興味を持ったことを意外と思った人はいました。けれど、あなたは他の人より一歩踏み込んで、興信所を使って私のことを調べたんですね。もしかしたら、私の受け答えにどこか不自然なものを感じたんですかね。

でも、さすがに驚きました。名前が違っても、たぶん電話番号ですかね、そういうところから、わかってしまうものなんですね。

あなたは私がハルさんと同じ刑務所にいたことを知り、会いに来たんですね。

ハルさんは白木さんだけじゃなく、あなたのことも、ひと言も話さなかったんですよ。

あなたとハルさんの付き合いは白木さんのように長いものではなかったかもしれません。でもハルさんはあなたを住み込みで働かせて、人に「息子みたいに思っている」とまで言っています。

『春川』の閉店を決意したときも、白木さんとあなただけを最後まで残したんですよね。ほとぼりが冷めたら三人で再起すると。

私はあなたの存在を知ったとき、これほど近しかった人の話をしなかったのは、この人にも秘密があるからだと思ったんです。

その秘密が何か。今ではもう私なりに答えを出しています。

以前、私があなたのお店を訪ねて話を聞いたとき、ハルさんがあの男、鈴木さんを殺してしまったことについてあなたは、お告げなんかじゃなくて、誰にも言えない、切実な事情があったんじゃないかって、言っていましたよね？

あれは推測じゃなくて事実、ですよね。本当にハルさんが隠していた事情があることを、あなたは知っていたんです。

ハルさんは、あなたの罪を被ったんです。そうですよね？

少なくともあなたは、鈴木さんの殺害現場にいたはずです。これは断言できます。なぜなら、あなた自身が教えてくれたんですから。

わかりませんか。私が事件のことを尋ねたとき、あなたはこう答えたんですよ。

――ハルさんはペントハウスのリビングでその人をくつろがせて、お酒を準備する振りをして、キッチンにあった包丁で背中から刺したって証言したんだよね、たしか。

どうです、わかりましたか？

もし事件の直後だったらこんなうっかりはしなかったかもしれません。事件からもう三〇年近く経っています。話していいこととといけないこと、少し曖昧になってましたか。もうこんな細かいこと気にする人もまずいないでしょうしね。あなたは無意識のうちに口を滑らせてしまったんですよね、きっと。

そう「背中から刺した」という部分です。これは間違ってはいません。事実、鈴木さんは背中から刺されていたんです。問題は、それをなぜあなたが知っていたかです。

私は、国会図書館でハルさんの事件について書かれた新聞、雑誌、書籍、すべてを調べました。その中に、背中から刺されたことが書かれているものは一つもありませんでした。大元の警察発表にそもそもないんです。

捜査関係者でもない人が、それを知る唯一のチャンスは裁判です。公判中に読み上げられた検察側の実況検分調書には、背中から刺された旨が書かれていました。

しかしあなたは裁判は傍聴できなかったと言っていた。ええ、私が公判記録の話をしたのは、あなたがあとから記録を見たことがあるか確認するためです。それもないと答えましたよね。

あのとき、私の中では確定しました。あなたは、殺害現場にいたんです。

ならば鈴木さんはハルさんではなく、あなたと接点のある人物だったのかもしれない。思えば、あの事件が起きる直前、「大河スクープ」にハルさんと一緒に写ったあなたの写真が出ています。あれを見て、あなたの居所を知った人が訪ねてきたのだとしたら……。たとえば、かつてあなたの母親の恋人だった人。いえ、かつてあなたを犯していた男と言った方がいいでしょうか。あなたに執着していたのか、お金の匂いを嗅ぎつけたか、あの日、突然やってきた。

だとしたら彼が店が閉まったあと訪れ、たまたま外に出ていたハルさんとばったり会ったというのはかなり怪しくなります。

目当てがあなたなら、あなたが独りになるのを見計らうんじゃないでしょうか。当時の『春川』はハルさんとあなたと白木さんしかおらず、店が終われば白木さんは帰宅し、ハルさんはペントハウスに戻り、最後、あなたが一人で戸締まりをしていたそうですね。

もし私が彼、鈴木さんだったとしたら、男手が消えあなたが独りになったそのとき、姿を現します。

実際そうだったんじゃないですか。

そして彼は、あなたを脅すなり、たかるなりした。

しかし、このときのあなたはかつてのように、彼の言いなりにはならなかった。凶器が包丁だったことを考えると、本当の犯行現場はお店、一階のカウンター奥の調理場辺りだったんだろうと、私は思っています。おそらく彼は強引に店に入ってきたんでしょう。そのときあなたは目についたところにあった包丁で、彼を刺したんです。あなたが自分で知らせたのか、何か騒ぎが起きてると気づいて降りてきたのか、厨房にやってきたハルさんは、事情を知ると、死体をペントハウスに運び、自分がやったことにしたんでしょう。

朝、ハルさんの通報で駆けつけた警察は、彼女の自供を疑わなかった。すでに鈴木さんはあなたのお母さんと別れて、あちこちをふらふらしていた。籍が入ってるわけでもなく、彼とあなたの関係が明るみに出ることはなかった。

でも私はハルさんがただ善意だけであなたを助けたとは思いません。

私に話してくれたように、そのときハルさんは警察だけでなく、暴力団にも追われる状況に陥っていました。だから、あなたが人を殺してしまったと知ったとき、それを利用して刑務所に逃げようと思ったんじゃないでしょうか。ハルさんはあなたに対しても、その方が自分も助かる、一人殺しただけでは死刑にならない、むしろこのままだったら暴力団に殺されるかもしれない、というようなことを言ったんじゃないですか。

そうでなければ、さすがにあなたは、ハルさんが罪を被ることに同意しなかったでしょうから。

もちろん、これは推論に推論を重ねたものです。違うところもあるかもしれません。でも、大きくは外れていないんじゃないでしょうか。

そうですね、今更、と言われればその通りでしょうね。

あなたが、こうして私のことを訪ねて来たのも、私が真相を知っているかどうか確かめに、ではないですよね。もうハルさん自身も亡くなってますし、三〇年も前のすでに決着している殺人事件の真犯人であることがバレることを、あなたが恐れているとは思えません。

むしろ、ハルさんのことを聞きたかった。そうですよね？

刑務所で彼女はどんな話をしていたのか。かつて、自由にワガママに生きようとしていた人が、この世でも最も不自由を強いられるかもしれない場所でどう生活して、どう死んだのか。

自分の身代わりになった人のことですものね。

私がハルさんから聞いた話が、あなたが知っているハルさんの話と食い違っていてもそれは当然です。言いましたよね。他人同士で真実を共有するだなんて、きっと不可能だって。

ただ私が知るかぎり、ハルさんは、刑務所でも自由で、ワガママでしたよ。

糖尿病を患い身の回りのお世話が必要ということになっていましたが、ハルさん、実はかなり元気だったんです。糖尿なのは本当でしたが症状は軽くて労務もできたはずです。でも、それが免除されて、その上、私みたいな若い受刑者を一人、小間使いみたいに使えたんです。

そもそも刑務所で糖尿になるって、おかしいと思いませんか？

ハルさんは刑務所で一人だけ特別待遇を受けていたんです。

部屋はきれいな広い個室で、カーペットまで敷いてありました。雑誌や本は好きなものを取り寄せて読めました。ベッドも明らかに他の房のものとは違ってふかふかで、見た目は刑務所仕様の地味なものでしたが、中身は高級品だったんじゃないでしょうか。

食事も個室で、レストランのテイクアウトが出されていました。午前一〇時と午後の三時には、おやつとして、お菓子の詰め合わせが入ったバスケットが運ばれてきました。

そんなことをしてもらえる受刑者は、ハルさん一人だけでした。

もちろん自由に外出できるわけではありませんでしたが、刑務所の中とは思えないような優雅な生活をしていました。逮捕されず暴力団に追われながら暮らすよりずっとよかったのは、その通りだったと思います。

どうしてハルさんだけがそんな特別扱いされていたのか。刑務官たちはみんな、病気を理由にしていましたが、説得力はありませんでした。他にも病気の受刑者はいたはずですし、第一、糖尿の人にお菓子を与えるなんておかしいです。

ハルさんはよく「〝うみうし様〟はずっと私を守ってくれている」と言っていました。

私、それは本当のことだったように思えるんです。

私は、あの刑務所は買収されていたんだと思っています。ハルさんに。というより、〝うみうし様〟、白木さんに。

事件のあと姿を消した彼は、ハルさんが刑務所に入ってからもハルさんを守ろうとしたんじゃないでしょうか。昔、誓ったままに。

報道によればハルさんが逮捕されたとき、〝うみうし様〟の黄金像はなくなっていました。裁判の記録ではハルさんは金策のために処分したと証言していましたが、私は白木さんが持ち去ったんじゃないかと思っています。他にも当時ハルさんがたくさん持っていた指輪など貴金属の一部も。

逮捕されると決めたハルさんが、死体を運び偽装工作をしたあと、白木さんを呼び事情を話し、こういった換金性の高いものを隠し持たせたんじゃないでしょうか。ハルさんがやりとりしていたお金は数千億円。延べなら二兆円を超えています。ここまで額が大きくなると、仮に数億円分の貴金属が消えていても誤差の範囲になりますから。

そして白木さんはそれを原資にして、刑務所の職員たちを買収した。脱獄させろとか、そういう無茶な要求ではなく、刑務所内の裁量でできる範囲での特別扱いであれば、応じる人もいたのかなと思います。

あくまで想像ですけどね。

けれども、刑務所の中でハルさんは、そんな裏の事情がなければ説明がつかない程度には、自由な生活を送っていましたよ。

死ぬときも安らかでした。はい。心筋梗塞でした。糖尿病に罹《かか》るとリスクが二倍以上になるそうですね。ただ、ハルさんの場合は、本当に突然、発症して苦しむ間もなく亡くなったんです。

どうですか。これを聞いて、あなたの罪悪感は慰められましたか？

ごめんなさい。少し意地悪な言い方になりましたね。でも、実際、ハルさんはあなたの身代わりになったことを悔いてなどいなかったと思います。

ハルさんは、あなたを助けたことも含めて、ワガママに、やりたいように生きたんだと思います。

ただ、それでも……。

私、ハルさんが身の上話を終えたあと、一つ、質問をしたんです。私としては本当に何気なく、質問というほどのこともない、相づちに近いものでした。

でも、それを訊いた途端、それまでずっとにこにこと笑顔で、ええ、〝うみうし様〟に頼んで人を殺してもらった話も含めて、ずっと笑顔で思い出を語っていたハルさんが、顔色を変えたんです。はっきりと表情を強張らせました。とても、悲しそうにも見えました。

そしてひと言だけ「そんなこと、訊かんといてよ」と。私、すごく驚いたというか。だってそんな反応が返ってくるとは思いませんでしたから。

それから一週間もしないうちに、ハルさんは亡くなってしまいました。

ずっと私の話を聞くばかりだったハルさんが、身の上話をしてくれたのは、やっぱり死期を悟っていたからだと思うんです。元気ではあっても、糖尿でしたし、年齢を考えればいつ何があってもおかしくない状態でしたから。本人だけが感じる違和感や体調不良があったのかもしれません。

だから最後に、納得しようとしていたんじゃないかって。自分の人生に納得するために、身近な他人に自分のことを話したんじゃないかって。そう思えるんです。

なのに私、余計なことを訊いてしまって、それをぶち壊してしまったのかもしれないんです。

そうですよね。何を訊いたのか気になりますよね。何だか、もったいぶるようになってしまって、すみません。

――幸せだったんですよね？

なんです。

邪魔な男たちを〝うみうし様〟に殺してもらって、たくさんのお金を手にして、ワガママに生きて、幸せだった。少なくともバブルの時代は、この世界への復讐を果たせていた。のちに破産したとしても、ハルさんは幸せだった。当然、そう思ったから「幸せだったんですか？」じゃなくて「幸せだったんですよね？」って。確かめるように尋ねたんです。

「せやで」とか「もちろんや」とか、イエスの答えが返ってくるものとばかり思って訊いたんです。

けれど違いました。ハルさんは「そんなこと、訊かんといてよ」って。どう解釈してもイエスではなく、ノーと言っているような反応でした。

思えば「楽しかった」とか「愉快だった」という言葉はハルさんから何度も聞きましたが、「幸せ」という言葉は一度も聞いたことがなかったんです。

ハルさんは幸せではなかったのかもしれない。

私、それを知ったとき、驚くと同時に実は嬉しかったんです。

ああ、ハルさんも幸せじゃなかったんだって。私と同じなんだって。

私はハルさんの身の上話を聞いている間、少しずつハルさんを妬んでいる自分を発見していました。

だって、私はハルさんみたいにワガママに生きていくことなんてできないから。

ハルさんが少女時代に自覚した世界への怒りは、私の中にもあるんです。でも私はハルさんみたいに、自分の欲望を肯定して世界に復讐していくことなんて、きっとできない。

バブルだってきっともう来ない。

私は最後のバスに乗り遅れてしまったんです。

私が生きていく世界は、綺麗さっぱり泡が消えてしまったあとの世界。二度目の敗戦からろくに復興もしていない、物だけが溢れた焼け野原なんです。そこに前科一犯の人殺しっていうハンディまで背負って放り出される。希望なんて呼べるものは私の前には何もない……ええ、それは刑務所にいたときからわかりきっていました。

だから、ハルさんばかりずるいって、そう思っていたんです。

でも、そんなハルさんも幸せじゃなかったのなら、私、少し救われるような気がしました。

バブルなんて、言うほどいいものじゃなかった。お金は溢れていたかもしれないけれど、必要でもない宝石や服や物を買うばかり。一度お金を増やし始めたら、増やし続けないと首が絞まってしまうから、いつか破綻するとわかっていても、止《や》められなかった。一時的な楽しさ、享楽はあったとしても、振り返ったときに噛みしめられる幸福なんてなかった。

ハルさん、ワガママに自由に生きているつもりでも、本当は自由でも何でもなかった。父親、夫、パトロン、それまでハルさんの人生を支配してきた男たちの代わりに、お金が君臨していただけ。ただお金の奴隷になっていただけ。もちろん、世界への復讐なんて本当は果たせていなかった。

それが自分でもわかっていたから、幸せだったと断言できなかった——なら、ハルさんも私と大して変わりません。結局はこの理不尽な世界に翻弄されただけの、惨めな女だったんですから。

ほっとしたんです。はるか見上げるしかなかった存在が、実は自分と同じ地べたにいたとわかって。

それはその時点での掛値無しの本音でした。

けれど、そのあとすぐにハルさんが亡くなると、私は苦しくなりました。後悔するようになりました。

あんなこと訊かなければよかった、と。

私のせいでハルさんは失意の中で死んでいったのかもしれない。

それだけじゃありません。もし、ハルさんでさえ幸せじゃなかったとしたら、どうすれば幸せになれるというんです？

道徳に縛られず、欲望を肯定し、何人も人を殺して、ワガママに自由に生きたはずの人が幸せじゃなかったなんて。そんなのまるで悪い冗談じゃないですか。

何かをどこかで我慢していればよかった？　おとなしく父親に犯されていればよかった？　夫に抑圧されていればよかった？　会長の言いなりになっていればよかった？　それとも、ほどほどのところで満足して際限なくお金を増やそうとしなければよかった？

どれも糞喰らえなんですよ！

そう、糞喰らえです。だって幸せって、我慢して手に入れるものじゃないはずでしょう？　欲望を抑え込んだ小さな満足で幸せになれたとしても、そんなの、ただそう思い込んでいるだけなんです。私にはわかります。『メギドの民』の信者がみんなそうだったんですから。

幼い頃の私は幸せでした。私の両親は今もまだ、幸せなはずです。あの宗教を信じて欲望を否定する自分を幸せと信じているんです。でもそれは閉じた世界の中で抑圧されているのにすぎません。一緒に駆け落ちした彼の言いなりになっていた頃の私もそうでした。私が生まれるずっと前、欲しがりません勝つまではと、我慢を重ねていたこの国の人々も、そうです。抑圧されていることを幸福と思い込まされるなんて、最低最悪の不幸じゃないですか。

ハルさんは正しかった。我慢せず、ワガママに、好きに生きるのは圧倒的に正しかったんです。

私は出所する頃になってようやく気づきました。

私がハルさんを妬んでいたのは憧れの裏返しだったんです。ハルさんは私の希望でもあったんです。私はハルさんが語ったハルさんの物語に、勇気をもらっていたんです。生きていく勇気を。

ハルさんの話を聞いている束の間、私は、たとえ自分が焼け野原に放り出されるのだとしても、図太く生きていくんだと思えたんです。

ハルさんみたいに、ワガママに生きていこうと思えたんです。

もちろんハルさんと同じようにはできないのなんてわかっています。でも、ハルさんの一〇分の一でも、一〇〇分の一でもいいからワガママに生きてやるんだと。

実際に出所してみると、外の世界は想像していた通りろくでもなかった、いいえ、想像していたよりもっとろくでもないことになりました。この新型コロナウイルスのパンデミックで。

私、ガールズバーでアルバイトしているって言いましたよね。

あなたも言っていたけれど、「夜の街」なんて名指しされてしまったから、今はもう働いているだけで肩身が狭いです。お店の子が客引きのために交替で駅前で看板持って立っているんですけど「おまえらのせいで感染が広がっているんだ」なんて、酔っ払いに絡まれることもしょっちゅうです。それどころか、お店に来ていながら「こういう店で働いてたらいつ感染してもおかしくないぞ」とか、お説教するお客さんもいるんですよ。不愉快なの通り越して、笑っちゃいますよね。

でもそのお客さんの言う通りです。いつ感染してもおかしくないんです。至近距離で人と話す仕事なんですから。

若い人は無症状が多いから大丈夫なんて言う子もいるけれど、若くて重症化した人や死んだ人もいるんですよね。重い後遺症に苦しんでる人もいるそうです。

私は怖いです。怖くて怖くて仕方ないです。けれどほとんど毎日、お店に出ています。だって、そうしないと生活できないから。暢気に家で自粛なんてしていたら、コロナに感染するより前に飢え死にしてしまいます。そんな余裕ないんですよ。

私からしたら、自粛なんて贅沢なんです。

世間から白い目で見られながら、感染に怯えながら、本当はやりたくない仕事をして、朝と夜に熱を計って、とりあえず今日も熱は出ていないって胸をなで下ろす——今、私の目の前にあるのは、そんな、ろくでもない現実なんです。

——あきらめろ、受け入れろ、我慢しろ。

いつか聞いた世界の声は、今も私の耳の奥で響いています。

現実はいつだって私を奴隷にしようとするんです。

私にはこの声をかき消してくれる、物語が必要なんです。

『メギドの民』の教えのような、あるいはかつてこの国の人々が信じたような、私を抑圧して支配しようとする物語ではなく、私に憧れと解放をくれる物語が。

私に勇気をくれる物語が。

ハルさんの物語が。

他の誰にとっても不要不急だとしても、私にとっては今すぐにでも必要なんです!

でも私が刑務所でハルさんから聞いた話は、最後の最後にケチがついてしまいました。

私が余計なことを訊いてしまったがために。

だから私は書き直そうと思ったんです。

この理不尽な世界に負けず、ワガママに自由に生きて、きっちり幸せになった、そんな朝比奈ハルの物語を。

これまで小説なんて書いたことがないから、上手くできるかわからないけれど。でも、どうしても必要だから。

他の誰でもない私のために。

そうです。私のためです。

私は私がこのろくでもない現実を生きるために、書くんです。

それが今私にできる精一杯のワガママなんです。

解説

芦沢 央

解説とは何だろう。

解説の依頼をもらうたびに、願わくば、作品を正しく読み解く上で有用な補助線を提示するようなものでありたいと考えてきた。

だが本書を読んで、その気持ちが揺らいでいる。果たして作品を「正しく」読み解くことなど可能なのだろうか、と。

本書は、バブル期に「ガマガエルのお告げ」によって巨額の株式投資に成功し、バブル崩壊後に詐欺容疑で逮捕されたとされる尾上縫《おのうえぬい》をモデルにして書かれた、朝比奈ハルという一人の女性の人生を巡る物語だ。

まず彼女についての複数の報道記事が提示され、次に、アマチュア小説家の〈私〉がコロナ渦中の二〇二〇年、朝比奈ハルを題材にした小説を書くために生前の彼女を知る人たちに話を聞いて回ることにした旨が明かされ、その後に「インタビュアーへの返答」が続いていく。

複数の証言によって徐々に描き出されていくのは、報道記事では見えてこない朝比奈ハルの数奇な人生だ。

戦前に和歌山県の漁村で生まれ、敗戦直後に家族を一家心中で失い、親戚の家でも、庄屋の息子に見初められて嫁いだ先でも労働力として消費されるしかなかったハルの人生は、夫の死によって大きく変わる。大阪へ出てホステスとして成功し、大企業グループ創業者一族の御曹司の愛人になって自分の店を持たせてもらい、料亭経営の傍ら、株式投資で巨万の富を築いて〈北浜の魔女〉と呼ばれるようになっていくのだ。

バブル崩壊と共に個人史上最高額の四三〇〇億円という負債を抱えて自己破産し、さらに詐欺と殺人の容疑をかけられて逮捕され、獄中で死亡した――あらすじを書くだけでも情報量が多すぎるが、物語としての魅力は何よりも彼女の人生に残された謎の多さだろう。

彼女は〈うみうし様〉のお告げに従い、一流の金融マンたちが群がるほどに莫大な利益を出していったとされているが、〈うみうし様〉は本物だったのか。

彼女の人生に影のようにつきまとう複数の人間の死の真相は。

彼女は本当に殺人を犯したのか。

そして、そうした彼女の人生自体に込められた謎以外にも、物語の構造自体が持つ謎がある。

それは、このインタビューの聞き手である「私」とは誰なのか、ということだ。

これらの魅力的な謎を牽引力にページをどんどんめくらされていき、次々に現れる濃密なエピソードと裏話に鼻面を引き回されるようにして解くべき謎が何だったのかもわからなくなった頃に、見ていた光景が覆されるようなサプライズを差し出される。

本人を直接描写せずに関係者の証言だけでその人物像に迫る、という書く上では制約の多い証言小説の形を取っているのに、絶妙な構成と時代背景への考察、個別のエピソードの面白さによって作中の世界観に引きずりこまれてしまうのだ。

だが、そうして一気読みをした後に改めて物語全体を見返してみると、この物語が証言小説としては奇妙な構造をしていることに気づく。

証言小説の本来の真髄は、複数の証言のスタンスや角度の違いによって、語られる人物の多面性を描き出せることにある。なのに本書では、その「ブレ」が意外なほどに少ないのだ。

もちろん印象が覆る箇所はいくつもあるし、重要な齟齬《そご》もあるのだが、それでも本当に同じ人物の話をしているのかと混乱してくるほどの違いはない。

本書は概ね、朝比奈ハルの人生に関わった人間の証言が時代順に並べられ、その合間に「獄中で朝比奈ハル自身から話を聞いた」という宇佐原陽菜の証言が入ることである程度の裏付けがされていく形になっている。

証言者として登場する人物は、年齢も性別も生活地域も経歴もハルとの関係性も様々だ。

※これ以降の文章には初読の興を削ぎかねないネタバレが含まれます。

戦前生まれで、ハルの幼少期や家族、一家心中事件について知る同郷の植芝甚平。

ハルを引き取った家の子で、ハルに連れられて大阪に出てきたものの彼女のようになれない自分に倦み、何者かになることを夢見て〈革命家気取りのクズ男〉についていった高田峰子。

ハルのパトロンだった瀬川兵衛の息子で、おそらくハルの息子だと思われる瀬川益臣。

トランスジェンダーで母親の恋人からレイプされた過去があり、ハルに拾われてハルの店で板前見習いとして働くようになった新藤紫。

ハルに莫大な融資をして勤め先の金融機関で出世したが、株価が暴落してハルが多額の不良債権を抱えるようになると、損害を被る前にハルから手を引いた河内靖。

ハルに惚れ込み、ハルの損失を穴埋めするために預金証書の偽造を行って自殺した真壁三千雄の息子、名村敏哉。

これだけ異なるスタンスから、それぞれにとっての朝比奈ハルの人生の欠片《かけら》を語っているのに、宇佐原陽菜の証言は、どれもそれを綺麗に回収していく構造になっている。

どうして葉真中さんは、こういう構造の物語にしたのだろう——そう疑問に思ったことで、もう一つの疑問が浮かび上がってきた。

それは、なぜ葉真中さんは「謎が解き明かされたために生まれた新たな謎」については深掘りしなかったのだろうということだ。〈うみうし様〉の正体が真相として提示された人だった場合、なぜ彼がここまでしたのかがわからない。

ハルを虐待していた両親を殺《あや》めるところまでは理解できる。だが、ハルを抑圧していた夫も、ハルから自由を奪っていた瀬川兵衛も、見方によってはハルを守る存在でもあったはずだ。ハルの望む人生にとっては邪魔な存在だっただろうが、当時の時代の感覚では彼らを「排除するべき害悪」だとする判断はハル以外にはできなかっただろう。

では、ハルは言葉にして彼に「殺してくれ」と頼んだのだろうか。

たとえそうだったのだとしても、彼はなぜそれを受け入れ、実行に移したのか。

彼らの関係性はどんなものだったのか。

これらの謎は、空白のまま置かれている。

そのために、最後まで読んでもハルの実像に迫れた気がしないのだ。

どうして、この物語はこんなにも「書かれないこと」があるのだろう。

この物語は、報道記事では見えてこない朝比奈ハルの実像を描き出すためのものではなかったのだろうか――

私は、足場を崩されたような不安を感じ、すがるようにして最後の宇佐原陽菜のパートを読み直した。ここに対する読解が足りないのだという感覚があった。私は何かを見落としている――そして、〈私は書き直そうと思ったんです〉という一文まできたところで、私は自分の読み方にも空白があったことに気づいた。

私は一読目において、宇佐原陽菜のこの言葉を、自分がほしい朝比奈ハルの物語のために都合の良い証言や解釈のみを集めて構成した、という意味でしか捉えていなかった。だが、自分の中の引っかかりを見つめた上で読むと、また別の可能性が浮かび上がってくる。

「朝比奈ハルが死ぬ前に人生について事細かに語ってくれた」ということ自体が、彼女に勇気をくれる嘘だった、という可能性だ。

体罰や性暴力が信仰の名のもとに正当化された宗教団体で育ち、同じ教徒の恋人と〈俗世〉に飛び出してきてＤＶ被害を受け、唯一の拠り所だった恋人を自らの手で殺してしまった彼女。前科を背負った人生をこれからも生きねばならず、コロナ禍においても〈夜の街〉で肩身の狭い思いをしながら働くしかない〈ろくでもない現実〉の中で、彼女が何よりすがりたかったのは、「社会を揺さぶるような存在としてワガママに人生を生き抜いた朝比奈ハルが、他でもない自分にだけ真実を語ってくれたという物語」だったのではないか――

そう考えると、なぜこの物語が証言小説の形式を取りながら、「ブレ」が少なかったのか――宇佐原陽菜の証言がこれほどまでに他の人の証言を綺麗に回収できたのかの謎が解ける。

彼女は、証言者から聞いた話を元に「朝比奈ハルから聞いた話」を作り上げたのだ。だからこそ、〈うみうし様〉の正体とされる人物の動機は描かれない。朝比奈ハルの実像も最後まで明らかにならない。

それらは、宇佐原陽菜にとっては必要ないものだからだ。

この物語は、葉真中顕が朝比奈ハルの実像を描くために書いたものではなく、宇佐原陽菜による、宇佐原陽菜のための、朝比奈ハルの物語なのだ。

作中に〈お金は本質的に自由で平等である〉〈お金は善悪を判断しません〉という言葉が出てくるが、本書は「物語が本質的に不自由で不平等で、善悪を恣意的に判断するものである」ことを炙《あぶ》り出す物語でもある。

ここまで書いてみて、私は、なぜ自分が本書の解説を書くのに躊躇《ため》らいを覚えたのかわかった気がした。

物語が持つ恣意性を描く物語を、恣意性を排除して「正しく」読むことなどできないと感じていたからだ。

物語を読むという行為もまた、読み手が物語の中から読みたいものを恣意的につかみ出すものに他ならない。

たとえば、バブル期とコロナ禍の類似性の指摘から描かれている社会情勢の描写を楽しむ読み方もできるし、様々な世代や立ち位置の証言者の言葉の端々から、時代による価値観や倫理観の移り変わりやアップデートの難しさについて感じ取るのも面白いだろう。

ジェンダー小説としての観点で読めば、随所に出てくるこの時代の女性の不遇や怒りが浮かび上がり、ハルが投資で成功したことについて、誰も彼女自身の能力だとは考えもしなかったことの意味がより響いてくるはずだ（途中まで超常的な力の存在を匂わせておくことで、読み手にもその偏見を追体験させる構成が心憎い）。

本書は、それだけの多様な読みを受け止める器がある物語だ。

そしてその上で本書は、幸せとは何か、自由とは何かという根源的な問いを投げかけてくる。

読み手自身がどういう物語を持っているか、どういう読み方をしたかによって、導き出される答えは変わるだろう。変わる余地がこれほどあるということ自体が、この物語が持つ重層的な力だ。
「正しい」読み方など存在しないし、どんな読み方もすべて正しい。本の読み方においては、どんな〈ワガママ〉も許されるのだから。

（あしざわ　よう／作家）

◉主要参考文献

『フォーカスな人たち』井田真木子（新潮社）
『バブル―日本迷走の原点―』永野健二（新潮社）
『野村證券第2事業法人部』横尾宣政（講談社）
『バブル全史―週刊東洋経済 eビジネス新書 No.225 Kindle版』（東洋経済新報社）

この他、多くの書籍、新聞記事、ウェブサイトなどを参考にさせていただいております。

参考文献の主旨と本作の内容はまったく別のものです。

本作品はフィクションです。実際に起きた事件をヒントにしていますが、
いかなる実在の団体、個人ともまったく関係ありません。

そして、海《うみ》の泡《あわ》になる

朝日文庫

2023年12月30日　第1刷発行

著　　者　葉《は》真《ま》中《なか》顕《あき》

発 行 者　宇都宮健太朗
発 行 所　朝日新聞出版
〒104-8011　東京都中央区築地5-3-2
電話　03-5541-8832（編集）
03-5540-7793（販売）

印刷製本　大日本印刷株式会社

ISBN978-4-02-265132-7